바보들의 배
THE SHIP OF FOOLS

GUTENBERG CLASSIC SERIES

어리석은 삶을 항해하는 인간 군상을 통렬히 풍자한 80가지 바보 이야기

바보들의 배
THE SHIP OF FOOLS

SEBASTIAN BRANT

돈키호테 이전, 유럽을 풍자한 최초의 베스트셀러이자 우인문학의 효시

프롤로그

밤바다 위로 돛이 가득한 목선이 어둠 속을 떠돌고 있다. 쟁기질 소리처럼 거친 물결을 가르고, 한 줌 빛도 없는 무한한 흑암을 향해 흘러가는 이 낡은 목선은, 온갖 어리석음을 머금은 별난 인간들을 머리끝부터 발끝까지 실어 나른다. 누군가의 씁쓸한 독백이라도 되듯, 이 배 안에는 기괴한 광대들이 서로의 어리석음을 자랑하듯 가식적인 웃음과 겉치레의 체면만을 치장하고 있다. 그들 각자는 나름의 우스꽝스러운 무기 또는 보물 따위를 움켜쥐고 있지만, 애초에 이 길에서는 그런 것이 아무런 의미도 가지지 못한다.

목선의 어느 한쪽 구석에는 자신의 가문 족보와 문장에 집착하는 이들이 있다. 먼지 쌓인 양피지 두루마리를 펼쳐놓고, 자신들의 조상 중에 누가 백작이었고 누가 주교였는지 떠들어댄다. 정작 그 자신은 아무런 미덕도, 능력도 없으면서, 그 낡은 증서 한 쪼가리가 자신의 현재 가치를 증명이라도 하는 듯 거들먹거린다. 다른 한쪽 구석에서는 울긋불긋 허황한 옷감으로 몸을 뒤

덮은 이들이 사악한 미소를 머금고 서로를 훑어본다. 그들은 혈통도, 실력도 없이 단지 의복의 허울로 영예를 사칭하나, 비틀거리는 선상에서 그 거추장스러운 천 더미는 언제든 찢길 뿐이다.

한 겹 장막 뒤쪽에서는 욕정에 사로잡힌 이들이 음습한 눈길을 교환한다. 그들의 욕망은 엉킨 실타래처럼 계속 늘어지고 꼬여, 결국 초라한 결론에 이르리라는 것을 모르고 있다. 신성한 가르침이나 자연의 이치 따위는 쳐다보지도 않은 채, 이들은 혀끝의 쾌락에 휩쓸려 점차 깊은 심연으로 침몰한다. 과거 어디에서나 경고해 왔던 파멸의 예가 있었건만, 이들은 고집스레 귀를 막고 밤바다의 음침한 바람 소리에만 귀를 기울인다.

또 다른 무리는 자신들의 재주를 남의 진실을 왜곡하는 데 쓴다. 그들은 속삭임으로 신의를 찢어발기며, 불신과 오해의 씨앗을 뿌린다. 공정한 재판이나 신성한 법도는 이들에게 헌 옷가지보다 가치 없다. 이들은 주르륵 흐르는 기름 먹인 밧줄처럼 음습하고 미끄러운 혀끝으로, 순진한 영혼을 속이고 이용하며 서로를 칼끝처럼 겨눈다.

　이렇게 선내의 구석구석, 제각기 다른 유형의 어리석음이 가득하다. 희극적이라기보다는 음울한 연극이다. 서로 속고 속이는 이들, 무지와 탐욕, 쾌락과 허위의 향연 속에서 모두가 자신을 현명하다고 믿지만, 실상은 모두 어둠에 길을 잃은 자들일 뿐이다. 배는 계속 나아간다. 어디로, 언제까지 갈 수 있을지는 아무도 모른다. 단지 짙은 안개와 검은 물결, 뒤엉킨 고함 소리, 그리고 그 속에서 꼬여 드는 기묘한 인연들만이 끝없이 반복될 뿐.

　이런 모습이 애초부터 정해진 운명이라 할 수 있으랴. 그러나 이 배에서는 어떤 누구도 그러한 본질을 깨칠 의사가 없다. 그들은 마치 저주받은 선단을 이끄는 선도선처럼, 오로지 어리석은 풍습과 미련한 습관에 매달려 있을 뿐이다. 하릴없이 흘러가는 물결, 그러한 중에도 이들은 스스로를 최대한 현명하고, 교묘하고, 강하고, 매혹적이라고 믿으며, 남은 이들은 어리석다 조롱한다. 그러나 정작 이 여정은 온통 잃어버린 길, 부패한 조타, 지친 노 젓기, 그 어둠 속에서 신음하는 어리석은 무리들의 끝없는 독백이다.

　이제 이들이 어디로 가든, 그들의 속내와 본색은 이미 드러났다. 다름 아닌 스스로를 파멸로 인도하는 길 위에서, 서로의 우매함을 부둥켜안고 헤매는 어리석은 자들. 그들은 이 항해의 목적지가 천국 나라고니아(Narragonia)라 굳게 믿는다. 그들이 꿈꾸는 이상향, '바보의 땅'. 그러나 이 나라고니아는 지상 어디에도 존재하지 않는, 오직 어리석음 그 자체를 목적으로 삼는 공허한 관념의 영토이다. 그곳은 현명함을 조롱하고 무지를 숭배하며, 허영과 기만을 미덕으로 치장하는 자들만이 도달할 수 있는 도착지 아닌 도착지이다. 그러니 이 배에 위장된 미덕은 없고, 교훈도 없다. 오직 무지와 허언, 헛된 욕망만을 휘감은 이들이, 자신들의 이상향이라 부르는 그 어둠 저편으로 미끄러져 갈 뿐이다.

목차

프롤로그 … 004

첫 번째 바보 선을 행함에 있어
 인내하지 못하는 바보 … 015

두 번째 바보 법정과 관청을 오염시키는
 부당한 조언자와 법률가 … 021

세 번째 바보 탐욕과 낭비 사이에서 방황하는 자 … 027

네 번째 바보 외양 치장에 매몰된 허영의 노예 … 033

다섯 번째 바보 나이 들수록 어리석음을 키워가는 늙은이 … 039

여섯 번째 바보 태만한 아비가 자식에게 남긴 악습 … 043

일곱 번째 바보 거짓말과 비방, 소문으로 다툼을 일으키는 혀 … 049

여덟 번째 바보 현명한 충고를 외면하는 자 … 053

아홉 번째 바보 무질서하고 품위 없는 행동거지를 하는 자 … 059

열 번째 바보 우정과 친교를 스스로 끊어내는 자 … 063

열한 번째 바보 거룩한 성서를 멸시하는 자 … 067

열두 번째 바보 대비 없이 무모하게 나아가는 자 … 071

열세 번째 바보	육욕과 쾌락에 빠진 자	… 075
열네 번째 바보	신의 자비만 믿고 죄짓기를 멈추지 않는 자	… 079
열다섯 번째 바보	충분한 준비 없이 대규모 건축을 시작하는 자	… 083
열여섯 번째 바보	탐식과 주정으로 파멸하는 자	… 087
열일곱 번째 바보	헛된 부에 탐닉하는 자	… 093
열여덟 번째 바보	두 주인을 동시에 섬기려는 자	… 099
열아홉 번째 바보	말 많고 수다스러워 신뢰를 잃는 자	… 105
스무 번째 바보	남을 꾸짖으면서 스스로는 더 큰 죄를 짓는 자	… 111
스물한 번째 바보	남의 재물을 줍고도 돌려주지 않는 탐욕스러운 자	… 117
스물두 번째 바보	지혜의 가르침을 외면하는 자	… 123
스물세 번째 바보	순간의 행운에 취해 영원한 불행을 부르는 자	… 129
스물네 번째 바보	과도한 책임감과 호기심으로 모든 것을 짊어지려는 자	… 135
스물다섯 번째 바보	빌리기만 하고 갚지 않는 자	… 141
스물여섯 번째 바보	헛된 기도와 맹세로 허공만 치는 자	… 145
스물일곱 번째 바보	쓸모없는 학업에 매달리는 자	… 149

스물여덟 번째 바보	신의 섭리에 어리석게 맞서는 자 … 155
스물아홉 번째 바보	남을 함부로 판단하는 자 … 159
서른 번째 바보	여러 성직록을 한 번에 욕심내는 성직자 … 163
서른한 번째 바보	할 일을 내일로 미루며 변화하지 않는 자 … 169
서른두 번째 바보	근거 없이 아내를 의심하고 감시하는 남편 … 175
서른세 번째 바보	배우자의 불륜을 알고도 묵인하거나 이용하는 자 … 181
서른네 번째 바보	헛된 경험만 쌓고 아무것도 얻지 못하는 방랑자 … 187
서른다섯 번째 바보	사소한 일에 크게 노하는 자 … 193
서른여섯 번째 바보	행운의 변덕을 모르고 맹신하는 자 … 199
서른일곱 번째 바보	의사의 조언을 무시하고 참지 못하는 환자 … 205
서른여덟 번째 바보	계획을 미리 드러내어 스스로 덫에 빠지는 자 … 211
서른아홉 번째 바보	남의 불행을 보고도 교훈 삼지 않는 자 … 217
마흔 번째 바보	하찮은 비방에 흔들리는 나약한 정신 … 223
마흔한 번째 바보	거짓 비난과 조롱으로 명예를 해치는 자 … 227

마흔두 번째 바보	영원한 기쁨 대신 썩어가는 세상을 좇는 자	… 233
마흔세 번째 바보	신성한 교회에서 부적절하게 소란 피우는 자	… 239
마흔네 번째 바보	위험한 곳에 스스로 뛰어드는 자	… 245
마흔다섯 번째 바보	선을 외면하고 죄인의 고통을 모르는 자	… 249
마흔여섯 번째 바보	어른들의 나쁜 본을 그대로 좇는 아이들	… 253
마흔일곱 번째 바보	육욕에 빠진 자	… 259
마흔여덟 번째 바보	비밀을 지키지 못하고 누설하는 자	… 263
마흔아홉 번째 바보	늙은 아내를 부만 보고 맞이하는 젊은 남자	… 267
쉰 번째 바보	시기심에 사로잡힌 자	… 271
쉰한 번째 바보	꾸지람을 못 참고 스스로 기회를 걷어차는 자	… 275
쉰두 번째 바보	이론 없이 실무만 좇는 어리석은 의사	… 279
쉰세 번째 바보	세속적 권위와 명예를 맹신하는 자	… 285
쉰네 번째 바보	미래가 정해져 있다고 믿는 자	… 289
쉰다섯 번째 바보	자기 일도 못하면서 남의 일에 참견하는 자	… 293
쉰여섯 번째 바보	은혜를 저버리는 배은망덕한 자	… 299
쉰일곱 번째 바보	자신을 최고라 믿는 맹목적 자만에 빠진 자	… 305

쉰여덟 번째 바보	헛된 춤사위로 귀한 시간을 낭비하는 자	… 311
쉰아홉 번째 바보	밤거리를 돌며 소음과 혼란을 일으키는 자	… 317
예순 번째 바보	어리석은 거지	… 322
예순한 번째 바보	유산을 갈망하는 바보	… 329
예순두 번째 바보	불행을 가볍게 여기는 바보	… 333
예순세 번째 바보	자신을 바보라 생각하지 않는 바보	… 337
예순네 번째 바보	때를 춰 준비하지 않는 바보	… 342
예순다섯 번째 바보	다투고 소송하기를 좋아하는 바보	… 347
예순여섯 번째 바보	어설픈 사격을 하는 바보	… 351
예순일곱 번째 바보	선물을 주고 후회하는 바보	… 355
예순여덟 번째 바보	아버지와 어머니를 공경하지 않는 바보	… 359
예순아홉 번째 바보	고리대금과 매점매석을 하는 바보	… 363
일흔 번째 바보	어리석은 교환을 하는 바보	… 367
일흔한 번째 바보	악을 행하고 그 대가를 외면하는 바보	… 371
일흔두 번째 바보	상스럽고 저속한 바보	… 375
일흔세 번째 바보	극악무도한 바보	… 381

일흔네 번째 바보	오만의 극치를 달리는 바보 … 385
일흔다섯 번째 바보	모욕을 참지 못하는 바보 … 391
일흔여섯 번째 바보	어리석인 요리사와 저장고 관리인 … 395
일흔일곱 번째 바보	신분을 망각한 농부들의 오만 … 399
일흔여덟 번째 바보	하느님을 경멸하는 바보 … 403
일흔아홉 번째 바보	어리석은 사절 … 407
여든 번째 바보	무작정 성직자가 되려는 바보 … 411

에필로그 … 416

일러두기

- 이 책은 Sebastian Brant, T. H. Jamieson(ed.), Alexander Barclay(tr.), *THE SHIP OF FOOLS*, vol. 1, London: Henry Sotheran & Co., 2006을 번역한 것이다. 원문은 https://www.gutenberg.org에서 확인할 수 있다.

- 독자의 이해를 돕기 위해 원서의 운문형 문투를 산문형으로 바꿨으며, 중세 독일어와 영어의 난해한 표현 역시 의미를 해치지 않는 선에서 현대식 표현으로 바꿨다. 프롤로그와 에필로그의 경우 도서 내용에 기반해 역자가 새로 구성했다.

- 본문의 외래어 표기는 국립국어원 외래어표기법을 따랐으며, 관용적으로 굳어진 표현이 있는 경우 그를 따랐다.

- 각주는 모두 편집자 주로, 생경한 어휘나 인물 또는 지역, 부연 설명이 필요한 역사적 사건, 고대 문학 속 이야기 등을 간략히 풀이했다.

첫 번째 바보

선을 행함에 있어
인내하지 못하는 바보

여기, 새 출발이라는 열병에 걸린 바보들이 몰려온다. 이들은 새해 첫날이 되었거나, 큰 병을 앓고 난 뒤, 혹은 지옥에 대한 설교를 듣고 일시적으로 겁에 질렸을 때, 갑자기 성자가 되겠다고 선언한다. 이들은 온 동네가 떠나가라 쟁기에 손을 댄다. 그들의 선언은 쩌렁쩌렁하고, 그들의 첫걸음은 용맹하기 그지없으며, 그들은 자신이 선행을 '시작했다'는 사실만으로도 이미 절반은 구원받은 듯이 의기양양하다. 이처럼 많은 이가 처음에는 용맹하게 쟁기를 잡지만, 결국 마지막에는 비참한 끝을 맞이한다. 이는 자신의 낡은 둥지(옛 습관)를 떠나지 못하는 바보의 짓이다.

그들은 지혜를 향한, 그리고 선한 일을 향한 열정으로 처음 며칠간은 맹렬히 불타오른다. 하지만 그뿐이다. 그들은 곧 깨닫는다. 선은 노동이라는 것을. 미덕은 인내라는 것을. 그들은 자신들을 하늘 왕국으로 인도할 거룩한 산을 결코 끝까지 오르지 못한다. 등산은 숨이 차고, 발바닥이 아프며, 무엇보다도 '재미가 없기' 때문이다.

그들은 산을 오르는 고된 노동 대신, 슬그머니 뒤를 돌아본다. 저 아래에 두고 온 안락하고 따뜻한 이집트의 고기 가마를 그리워하는 것이다. 저 기름지고 익숙한 세속의 쾌락, 아무 생각 없이 뒹굴어도 되었던 그 달콤하고 더러운 바보의 둥지를 잊지 못하는 것이다. 그 둥지는 불편한 미덕보다 훨씬 아늑하다.

그들은 결국 자신이 이미 역겹다고 토해냈던 죄악을 향해 게걸스럽게 달려든다. 이는 마치 개가 자신이 토한 것으로 다시 돌아가, 그것을 다시 핥아 먹으며 '역시 이 맛이야'라고 중얼거리는 꼴과 같다. 이 얼마나 비참하고 역겨운 광경인가! 그들은 심지어 자신의 나약한 의지를 정당화하며, "너무 경건한 것도 병이다" 또는 "인간적인 것도 필요하다"라며 궤변을 늘어놓기까지 한다.

한번 덧나고 다시 터진 상처가 제대로 아물기는 지극히 어렵다. 병자가 의사의 지시를 무시하고 다시 병을 재발시키면, 그가 다시 회복되리라 기대하기는 어렵다. 이처럼, 선한 길을 시작했다가 중도에 포기하느니, 차라리 애초에 정직한 악인으로 남는 편이 나았을 것이다. 왜냐하면 가짜 성자는 진짜 악인보다도 구역질나는 존재이기 때문이다.

하느님께서도 이런 미적지근한 자들을 참지 못하신다. "네가 차갑든지 뜨겁든지 하기를 원하노라. 네가 이처럼 미지근하여(læw) 차지도 뜨겁지도 아니하니, 내 입에서 너를 토하여 버리리라."

보라! 하느님조차 구토를 유발하는 이 '어중간함'이야말로 최악의 죄악이다. 이 바보는 선의 맛을 보았음에도 그것을 뱉어 냈고, 악으로 돌아갔으면서도 선을 시도했다는 이유만으로 공로를 인정받고 싶어 한다. 그는 양쪽 모두에게 속하지 못하는 박쥐와 같은 존재이며, 신과 악마 모두에게 경멸을 받는다.

설령 한 사람이 수많은 선행을 쌓았다 할지라도, 그가 결승선 앞에서 포기한다면(끝까지 인내하지 않는다면), 그는 결코 참된 보상을 받지 못할 것이다. 그가 쌓은 모든 공적은 그저 시작만 잘한 바보의 기념비가 될 뿐이다.

롯의 아내를 보라. 그녀는 거대한 악(소돔)에서 구원받아 빠져나오는 중이었다. 사실 거의 성공했다. 천사들이 그녀의 손을 이끌고 있었다! 그러나 "뒤를 돌아보지 말라"는 그 간단한 명령을 어기고, 단지 미련 때문에, 단지 향수(Nostalgia) 때문에 뒤를 돌아보았다. 그녀는 불타는 소돔의 죄악이 그리웠던 것이다. 그 결과 그녀는 그 자리에 소금 기둥으로 굳어버렸다. 그녀는 구원받은 것도, 파멸 속에 남은 것도 아닌, 그 경계선 위에 선 실패의 기념비가 되었다.

이는 바보가 자신의 낡은 어리석음을 그리워하고, 개가 자신이 토한 것을 그리워하는 것과 똑같은 충동이다. 바보는 자신의 안락했던 옛 죄악을, 그 더러운 둥지를 너무나도 사랑한 나머지, 구원조차 스스로 걷어차 버리는 것이다. 그는 자유를 향해 쟁기를 잡았으나, 결국 노예의 편안함을 택한 것이다. 그러니 그가 얻을 마지막 보상이란, 자신이 그토록 벗어나려 했던 바로 그 바보의 모자를 다시 쓰는 것뿐이다.

두 번째 바보

법정과 관청을 오염시키는 부당한 조언자와 법률가

수많은 바보가 의회(Radt, 자문위원회)에 한 자리를 차지하지 못해 안달이 나 있다. 하지만 그들은 정의가 무엇인지 전혀 이해하지 못하며, 마치 눈먼 장님처럼 벽이나 더듬으며 길을 걷는 자들이다.

슬프도다! 진정으로 훌륭했던 조언자 '후새'(Cusy, 다윗의 충신)는 이미 죽고, 교활하고 사악한 '아히도벨'(Achytofel, 압살롬의 반역 모사)*이 그 의회를 차지하고 앉았다.

감히 심판을 내리고 조언을 하려는 자는, 오직 정의 그 자체만을 따르고 생각해야 한다. 그렇지 않으면, 그는 공동체라는 돼지를 파멸의 끓는 솥으로 몰아넣는 천박한 막대기 신세로 전락하고 말 것이다.

내가 진실로 말하건대, "내 생각에는" 혹은 "그럴듯해 보인

---

* 두 사람 모두 구약 성경(사무엘하 15-17장)에 등장하는 다윗 왕의 조언자이다. 아히도벨의 조언은 신의 말씀과 같다고 여겨질 만큼 뛰어났으나, 다윗의 아들 압살롬이 반란을 일으키자 그에게 붙어 사악하고 교활한 조언을 했다. 후새는 다윗의 충성스러운 조언자이며 압살롬에게 거짓으로 투항한 뒤, 아히도벨의 치명적인 계략을 어리석은 조언으로 무력화시켜 결국 다윗을 구했다. 본문은 훌륭한 조언자(후새)는 죽고, 사악한 모사(아히도벨)가 의회를 차지했다며, 지혜는 사라지고 교활함만 남은 세태를 한탄한다.

다" 따위의 짐작(duncken)만으로는 충분하지 않다. 그런 안일함으로 인해 정의는 무참히 잘려나간다. 조언자는 마땅히 더 깊이 숙고해야 하며, 자신이 알지 못하는 것에 대해서는 겸허히 물어야 한다. 그렇지 않고 섣부른 판단으로 정의가 무너지면, 신 앞에서 그 어떤 변명도 통하지 않을 것이다. 믿으라, 이것은 결코 농담이 아니다.

만약 이 바보들이 자신의 섣부른 판단 뒤에 어떤 무서운 결과가 따르는지 진정으로 안다면, 감히 그토록 서둘러 심판을 내리지는 못할 것이다.

모든 사람은 자신이 남을 잰 바로 그 '자'로 자신도 측정될 것이다. 네가 나를 심판하고 내가 너를 심판하듯이, 그분(하느님)께서도 너와 나를 똑같이 심판하실 것이다.*

모든 사람은 죽은 뒤에, 자신이 이 땅에서 내렸던 모든 판결과 마주하게 된다. 자신의 판결로 수많은 사람을 짓눌렀던 자는, 그곳에서 자신을 짓누를 가공할 심판과 마주하게 될 것이다. 그가 남에게 던졌던 돌이, 결국 자신의 머리 위에 떨어질 것이다. 이 땅에서 정의를 지키지 않은 자는, 저 너머에서 가장 가혹한

---

* 신약 성경(마태복음 7:2)의 가르침을 직접 인용한 것이다. "너희가 비판하는 그 비판으로 너희가 비판을 받을 것이요, 너희가 헤아리는 그 헤아림으로 너희가 헤아림을 받을 것이니라." 섣부른 판단과 심판은, 결국 최후의 심판 때 자신에게 똑같이 돌아올 것임을 경고하는 말이다.

정의를 만나게 되리라.
    그 어떤 인간의 지혜도, 권력도, 예지력도, 조언도, 감히 하느님의 뜻을 거스를 수는 없다.

세 번째 바보

탐욕과 낭비 사이에서
방황하는 자

여기 또 한 명의 바보가 있다. 그는 재산을 끝없이 모으는 자, 즉 수전노다. 그는 거대한 창고에 금은보화를 쌓아두고도, 정작 그 재산으로 인해 어떤 기쁨이나 마음의 평화도 누리지 못한다. 그는 이 재산의 노예이며, 숫자가 늘어나는 것을 보는 것 외에는 아무런 즐거움이 없다. 그는 자신이 그토록 아낀 재산을 결국 누가 쓰게 될지 전혀 알지 못한다. 그는 그저 미래에 나타날, 이름 모를 상속자를 위한 창고지기에 불과하다. 그가 마침내 차갑고 어두운 지하실(무덤)로 끌려가면, 그가 평생 모은 재산은 그를 따라오지 못한다.

하지만 이 인색한 수전노보다 훨씬 더 어리석은 바보가 있으니, 바로 탕진가다. 그는 인생은 한 번뿐이라는 망상에 사로잡혀, 신께서 허락하신 모든 것을 사치와 경박한 쾌락으로 날려버린다. 그는 이 모든 재산이 신께서 잠시 맡기신 관리물이라는 사실을 완전히 잊고 산다. 그는 자신이 그저 이 재산의 청지기 (Schaffner)에 불과하며, 마지막 날 이 모든 것에 대해 피할 수 없는 최종 심판을 통과해야 함을 모른다. 장담하건대, 그때 그가 치러야 할 대가는 이 땅에서 손발이 잘리는 것보다 훨씬 더 끔찍할 것이다.

이 두 바보(수전노와 탕진가)는 사실상 한 뿌리에서 나왔다. 이들은 친구를 버리고, 심지어 자신의 영혼조차 돌보지 않는다. 그들은 이 땅에서 가난해질까 봐, 혹여 재물이 부족해질까 봐 전전긍긍하면서도, 정작 자신의 영혼이 영원한 파멸을 맞이할 것에는 조금도 근심하지 않는다.

오, 가련한 바보여! 너는 얼마나 눈이 멀었는가! 너는 이 땅에서 굶주릴까 봐 두려워하며, 그 두려움 때문에 지옥에 떨어질 죄를 짓는다. 너는 옴(scabies, 사소한 피부병)을 피하려다가 악성 종기(grindt, 끔찍한 병)에 걸리는 꼴이다!

수많은 자가 죄를 짓고 남을 속이며 재산을 모으고, 바로 그 죄의 대가로 지옥 불에서 영원히 불탄다. 그러면 그가 지옥에 가면서까지 챙기려 했던 상속자들은 어떠한가? 그들은 그의 고통을 콩알만큼도 신경 쓰지 않는다! 그들이 아버지의 영혼을 구하기 위해 단 한 푼이라도 내놓을 것 같은가? 천만에. 그들은 아버지가 지옥 가장 깊은 곳에서 불타든 말든, 그가 남긴 돈으로 호의호식하며 축제를 벌이기에 바쁘다.

그러니 살아있는 동안에, 네 손이 움직일 수 있을 때 하느님의 영광을 위해 베풀라. 어차피 네가 죽은 뒤에는 다른 자가 그 재산의 주인이 될 뿐이다. 그 다른 자가 네 영혼을 위해 자비를 베풀 것이라 기대하지 마라.

진정 현명한 자는 이 땅에서 부자가 되기를 갈망하지 않는다. 그는 오히려 자기 자신을 아는 것, 즉 지혜를 구한다. 지혜로운 자는 이미 부자보다 더 많은 것을 가진 자다. 탐욕의 화신 크라수스(Crassus)*는 평생 황금을 갈망하다가, 결국 적군이 부어주는 끓는 황금을 마시며 최후를 맞이했다. 반면 철학자 크라테스(Crates)**는 자신의 학문에 방해가 된다는 이유로 막대한 재산을 스스로 바다에 던져버렸다.

썩어 없어질 것들을 모으는 데 집착하는 자, 그는 자신의 영혼을 보물이 아닌, 오물과 거름더미(kott vnd mist) 속에 파묻는 자이다.

---

* 로마의 정치가이자 삼두정치의 일원(BC 115?-53). 막대한 부를 축적한 탐욕의 상징이다. 파르티아 원정에서 패배하여 사망했을 때, 적군이 그의 탐욕을 조롱하며 그토록 원하던 금을 녹여 그의 입에 부어 죽였다는 전설이 전해진다.

** 고대 그리스의 견유학파(Cynic) 철학자(BC 365?-285?). 테베의 부유한 가문 출신이었으나, 재물이 덕을 추구하는 데 방해가 된다고 여겨 전 재산을 바다에 던져버리고(혹은 시민들에게 나누어 주고) 자발적인 가난과 금욕의 삶을 선택했다.

네 번째 바보

외양 치장에 매몰된 허영의 노예

새로운 유행 복장을 좋아하고, 그것을 기껏 궁리해서 입으려는 어리석은 자들이 있다. 이들은 단지 허영심과 단순한 욕심으로, 남들에게 나쁜 본보기를 보여준다. 남들에게 멋지게 보이려는 데만 몰두하는 이런 사람은 분명 어리석은 자이며, 대개 이런 '한 어리석은 자'의 뒤를 따르는 또 다른 어리석은 자들도 생겨나기 마련이다.

자, 궁정의 호사스러운 패거리들이여, 이리 와보라. 너희는 신께서 원래 주신 모습이 만족스럽지 않은가? 신의 창조물을 멸시하고, 스스로 신보다 더 영리하다는 듯 화려하게 치장하는데, 그 변덕스러운 마음이 옷차림에 그대로 드러난다. 사실 사람은 옷차림으로도 그 어리석음을 짐작할 수 있다.

원래의 단정한 예법은 사라지고, 지나친 장식과 기괴한 복식이 판을 치며, 고대의 훌륭하고 단정한 풍습은 경멸받는다. 기사, 시종, 하급 귀족, 농민, 하인 구분 없이 모두가 제멋대로 옷차림을 하고 있어, 사람답게 차린 이는 찾아보기 어렵다.

옛날, 지금으로부터 그리 오래되지 않은 시절에는 사람들이 소박하고 품위 있는 복장을 하고도 만족할 줄 알았다. 불필요한 사치나 그만두어야 할 것들을 굳이 하지 않아도 다들 괜찮았다.

소크라테스를 비롯한 고대의 현자들은 자연 그대로를 존중하고, 머리카락을 함부로 자르거나 이상한 장식을 덧대지 않았다. 그 당시에는 머리를 길게 기르는 것이 용맹과 신중함, 검소하고 정숙한 품성을 상징했다. 사람들은 누가 더 정숙하고 단정한 품위를 지니는지로 경쟁했다. 그러나 이제 시대가 바뀌어, 모두가 누가 더 '화려한 겉치장'을 할지를 두고 다투고 있다.

이제 절제 대신 과도한 옷치장과 낭비가 만연하고 있다. 이런 경향으로 인해 금세 재산을 탕진하고, 땅을 저당 잡히거나 팔아버리고, 결국 빈털터리가 되는 자들이 많다. 그렇게 재산을 허비한 뒤에는 비싼 옷가지마저 헐값에 되팔고 만다.

여우가 털가죽을 두른 것처럼, 처음 자그마한 지위를 얻은 어떤 평범한 자가 약간의 벼슬이나 관직을 얻어도, 벨벳 옷 없이는 못 사는 듯 꾸민다. 하지만 그 겉치장만 번지르르할 뿐, 속내는 여전히 미련하며, 허영에 눈이 멀어 가문과 본분을 잊고 만다.

심지어 명문 가문 출신의 젊은이들마저도 품격 없는 옷차림을 하고 다니며, 미치광이처럼 지나치게 장식된 의복, 치수에 맞지 않는 과장된 패션으로 자신을 더더욱 우스꽝스럽게 만든다. 어떤 이는 목을 거추장스럽게 장신구로 뒤덮고, 금사슬과 반지를 주렁주렁 달며, 어깨나 목덜미를 과도하게 드러내거나, 거위 날개처럼 크고 흐드러진 소매를 흔들어대며 다닌다. 이렇게 신이 주신 자연스러운 모습은 변형되고, 교만과 어리석은 치장이 그들의 마음을 사로잡는다.

그러면 궁정에 시중드는 하인들도 주인을 본받아 똑같이 과장된 차림을 흉내 낸다. 이들은 과도한 사치를 감당할 돈이 부족하면 도둑질을 하거나 남을 속여서라도 그 치장을 유지하려 한다. 결과적으로는 수많은 사람이, 특히 평범한 이들이 이런 허영에 물들어 재산을 탕진하고, 마침내는 교도소나 교수형장 앞에 서게 된다.

만약 내가 이 기괴한 복식과 패션에서 비롯되는 모든 악덕을 일일이 열거한다면, 아마 끝도 없을 것이다. 남녀노소, 모든 계층이 자신에게 맞지 않는, 신이 의도하지 않은 옷차림으로 몸을 감싸고 있다. 심지어 성직자와 수도자까지도 옛 단정한 관습은 버린 지 오래다. 몇몇 사제들은 정수리를 깎는 전통조차 부끄러워한다. 흡사 그리스도께서 보여주신 검소함과 겸손함을 부끄러워하는 듯하다.

이쯤 되면, 기독교인이라고 자부하는 우리 영토에서조차 사람들은 이방인보다 더 기괴한 차림을 하고 있는 게 아닌지 돌아볼 일이다. 영국이여, 정신 차리고 바로잡아라! 그렇지 않다면 네 위대한 이름과 명성은 지속될 수 없다. 신의 징벌이 엄중히 임하기 전에, 너희는 악습을 고치고 이 허영의 죄를 없애도록 하라.

다섯 번째 바보

나이 들수록 어리석음을 키워가는 늙은이

나의 어리석음은 내가 백발이 되는 것(지혜로워지는 것)을 결코 허락하지 않는다. 나는 이제 나이가 아주 많지만, 지혜라고는 눈곱만큼도 찾아볼 수 없다. 나는 백 살 먹은 사악한 어린애일 뿐이다. 나는 젊은이들 앞에서 보란 듯이 바보의 방울을 흔들며, 이 어리석음의 행렬을 당당하게 이끈다. 나는 그들의 스승이며, 그들의 우상이다.

나는 젊은이들에게 통치술(Regiment)을 가르치지만, 그것은 나라를 다스리는 법이 아니라 자신의 욕망을 다스리지 않는 법이다. 동시에 나는 내 자신의 유언장을 작성하고 있다. 하지만 이 유언장은 내 재산에 관한 것이 아니라, 내가 죽은 뒤에도 영원히 나를 고통스럽게 할 죄악의 목록이다. 나는 젊은 시절에 배운 모든 악행을 지금도 부지런히 실천하며, 나의 후배들에게 사악한 본보기와 저주받을 조언을 아낌없이 물려준다.

나는 내가 저지른 악행으로 존경받기를 원하며, 감히 나의 수치스러운 과거를 자랑스럽게 떠벌린다! 내가 얼마나 많은 땅과 사람들을 속여 넘겼는지, 내가 얼마나 많은 물을 흐리고 (wasser tryeb) 분쟁을 일으켰는지에 대해 말이다. 나는 평생을 악행 속에서 훈련해왔다.

　나의 유일한 슬픔이 있다면, 이제 이 늙은 몸뚱이가 나의 사악한 의지를 따라주지 못한다는 것, 그래서 더 이상 이 악행을 완벽하게 수행할 수 없다는 사실이다. 아, 육신의 쇠락이 이토록 원통할 수가!

　하지만 걱정하지 마라. 나에게는 희망이 있다! 내가 이제 힘이 부쳐 미처 다하지 못한 위대한 악행들은, 나의 사랑하는 아들, 하인츠(heyntz)*에게 맡겨두었다. 내가 아껴둔 모든 악행을 그 녀석이 남김없이 완수할 것이다.

　오, 보라! 그 녀석은 벌써부터 나의 방식을 완벽하게 따라 하고 있다. 어찌나 그 모습이 늠름하고 대견한지! 저 녀석이 오래 살기만 한다면, 틀림없이 대단한 인물이 될 것이다. 사람들은 그를 보고 "저놈은 틀림없이 그 애비의 아들이다!"라고 말하게 될 것이다. 그 녀석이야말로 악당의 도리를 완벽하게 실천할 테니 말이다.

　그 녀석은 그 어떤 악행 앞에서도 몸을 사리지 않을 것이며, 당연히 이 '바보들의 배'에도 당당히 승선할 것이다. 이것이야말로 내가 죽은 뒤에도 나를 진정으로 위로하는 것이다! 나의 아

---

* '하인리히(Heinrich)'의 애칭으로, 당시 독일에서 한스(Hans)와 더불어 매우 흔하게 쓰이던 남자 이름이다. 특정 역사적 인물이 아니라, 아버지의 악행을 충실히 물려받는 어리석은 후계자의 전형을 상징하는 이름이다.

들이 나를 이토록 완벽하게 대체해준다니, 나는 이제 죽어서도 여한이 없다.

보라, 이것이 오늘날 늙음이 거리를 활보하는 방식이다. 늙음은 이제 지혜와 아무런 상관이 없다. (결백한) 수산나를 음탕한 눈으로 심판했던 저 늙은 판관*들이, 늙은이들에게 무엇을 기대해야 하는지 정확히 보여주지 않았는가.

평생 동안 선(善)을 행하는 습관을 들여본 적이 없는 자에게, 늙어서 갑자기 선을 행하라고 기대하는 것만큼 어리석은 일은 없다.

---

* 구약 성경에 등장하는 이야기이다. 늙은 판관(장로) 두 사람이 아름답고 결백한 부인 수산나가 목욕하는 모습을 훔쳐보고는, 그녀에게 동침을 강요했다. 수산나가 이를 거부하자, 그들은 자신들의 높은 지위를 이용해 "수산나가 젊은 남자와 간음하는 것을 목격했다"고 거짓 증언하여 그녀를 사형에 처하게 했다. 그러나 젊은 다니엘의 지혜로운 심문으로 그들의 거짓말이 탄로 나고, 수산나는 구원받았다. 이는 '늙음'이 지혜의 상징이 아니라, 오히려 '음탕하고 사악한 권위'일 수 있음을 보여주는 대표적인 사례이다.

여섯 번째 바보

태만한 아비가
자식에게 남긴 악습

자식이 죄를 저지르는데도 나무라지 않고, 책망과 훈계 없이 내버려두는 아비는 참으로 어리석은 자다. 어린아이의 사소한 잘못이라 하더라도, 이를 바로잡지 않고 스스로 고치도록 이끌지 않는다면, 그 아비는 머지않아 크게 후회하게 될 것이다. 아버지의 어리석은 방관과 부주의로 인해, 자식은 죄악의 길로 더욱 깊이 빠져들 가능성이 크다.

이런 아비는 불행한 자이며, 자신의 눈앞의 일조차 제대로 보지 못하는 장님 같은 존재다. 자식이 잘못된 행동을 하는데도 이를 못 본 척하거나, 혹은 보고도 모른 척하는 두 종류의 어리석은 아비가 있다. 첫 번째는 자식의 악행을 전혀 신경 쓰지 않는 '태만'한 부류이고, 두 번째는 알고도 고치려 들지 않는 '고집'스러운 부류다. 하지만 기억하라. 아이들이 어리석고 철없다는 것은 핑계가 되지 않는다. 오히려 어릴수록 성품을 단련하고 악습을 고칠 기회가 더 많다. 어린 마음은 연하고 부드러워 쉽게 좋은 방향으로 이끌 수 있지만, 적절한 시기에 그 마음을 단단히 바로잡지 못하면, 나중에 크고 굳어진 뒤에는 쉽게 꺾거나 고치기 어렵다.

연한 나뭇가지는 손쉽게 구부릴 수 있지만, 커다랗게 자란 나뭇가지를 휘거나 꺾으려고 하면 부러질 뿐이다. 아이가 어릴 때부터 잘못을 바로잡아 주면, 훗날 비뚤어진 마음을 되돌리는 것이 훨씬 수월하다. 채찍과 꾸중을 적절히 가하면 아예 나쁜 길로 빠질 것을 미리 막을 수 있다. 이는 결코 잔인하거나 불필요한 일이 아니라, 아이의 장래를 위해 필요한 일이다.

아비여, 자식의 목숨을 구하려고 밧줄을 준비하느니 채찍질로 바르게 이끄는 것이 백 번 낫지 않은가? 하지만 많은 아비들이 아직 철부지인 자식에게 온갖 방종을 허락한다. 그 결과 아이들은 훗날 범죄나 파멸을 맞이할 수밖에 없다.

어떤 아비들은 자녀의 욕망과 부도덕한 쾌락을 따르며, 그들의 마음을 허락하여 나중에 큰 수치와 슬픔을 겪는다. 마치 트로이의 왕 프리아모스가 그랬듯이. 그는 그의 아들 파리스가 이끄는 부하들이 그리스에서 헬레네를 빼앗도록 허락했다. 그 결과 아버지 프리아모스와 아들 헥토르 모두 죽음을 맞았고, 수많은 사람들도 함께 죽었다. 트로이의 도시들은 완전히 불타버렸다.

또한 로마인의 연대기에 따르면, 타르퀴니우스는 순결한 루크레티아를 강간하여 수치를 당하고 처벌받았다. 그녀는 더럽혀진 자신을 보고 자살했다. 이 사건으로 인해 타르퀴니우스는 로마에서 추방되어 이탈리아 해안을 떠돌았다.*

　또한 배신자 카틸리나도 음모를 꾸며 많은 사람이 그의 잔혹한 폭정에 맹세하게 하려 했지만, 그와 그의 모든 추종자들은 대가를 치르고 살해되었다. 그들은 그들의 죄에 합당한 보상을 받았다.** 어릴 때부터 지혜를 따르도록 교육받지 않은 자들의 최후를 보라.

　보통 아이들은 아비를 본받기 마련이다. 아버지가 현명하고 선량하면 자식도 그 길을 따르지만, 아버지가 음험하고 악한 수단으로 살아가면 자식 또한 더 쉽게 그리 흘러간다. 이때 어설픈 변명이나 방임은 도움이 되지 않는다. 자식에게 올바른 스승, 즉 단호하고 지혜로운 안내자를 붙여주어야 한다. 펠레우스가 아킬레우스를 현명한 케이론에게 맡겨 교육한 사례나, 필립포스가 아들 알렉산드로스를 아리스토텔레스 밑에서 공부시켜 대제국을 다스릴 군주로 키운 사례 모두 좋은 본보기다.

　그런데 오늘날 많은 아비들은 자식에게 참된 학문이나 덕은

---

* 　　왕정시대 로마의 왕가였던 타르퀴니아 가문은 그 마지막 왕의 아들 섹스투스 타르퀴니우스의 만행(자세한 내용은 199쪽의 각주를 참고할 것)을 기점으로 한 반란으로 왕좌를 잃게 된다. 이후 로마는 공화정으로 전환되었으며, 섹스투스 타르퀴니우스 본인은 추방된 후 암살되었다.

** 　　카틸리나의 세르기우스 가문은 공화정 로마의 명문 집안이었으나, 그의 부친 대에는 그 세가 기울어 몰락한 상태였다. 브란트는 이로 인한 가정교육의 부재가 카틸리나가 폭주한 원인으로 보고 있는 듯하다.

가르치지 않고, 그냥 재산이나 남겨주면 의무를 다했다고 생각한다. 하지만 이런 태도는 어리석다. 값비싼 재산이 있어도 바른 교훈이나 학문 없이 자란 아이는 그 재산을 탕진하고, 범죄나 비행에 빠질 위험이 크다. 결국 그런 아비의 나태와 무지가 자식을 파멸로 이끄는 셈이다.

비뚤어진 나무는 커서 바로잡기 어렵듯, 어려서부터 악행에 물든 아이는 커서도 쉽게 교정되지 않는다. 반면 어린 시절에 엄정한 훈계와 올바른 교육을 받은 아이는 스스로 자제하고 선악을 분별하는 능력을 기른다. 부유한 가문 출신이라고 한들 인성이 제대로 잡혀 있지 않으면 다 무슨 소용이 있단 말인가. 자식의 참된 발전을 위해선 부모가 바른길을 모범적으로 보여야 하며, 필요할 때는 회초리를 들어서라도 자식을 바로잡아야 한다.

요컨대 어른이 스스로 절제하지 못하고 아이의 방종을 방치한다면, 아이는 결국 죄악을 저지르게 된다. 그런 아이가 어른이 되고 나면 다른 식으로 바로잡기는 거의 불가능하다. 따라서 아버지는 가정 내에서부터 스스로 정당한 모습을 보여주고, 필요하다면 훈계와 처벌을 가하는 데 주저하지 않아야 한다. 이것이야말로 아이를 사랑하는 길이며, 가문과 사회를 건전하게 하는 길이다.

일곱 번째 바보

거짓말과 비방, 소문으로 다툼을 일으키는 혀

우리 배로 또 한 부류의 어리석은 이들이 모여든다. 이들은 거짓말로 남을 헐뜯고, 분쟁과 불화를 부추기는 자들이다. 이중적인 혀를 가진 듯 거짓을 보고하고, 남에게 거짓을 옮김으로써 높은 지위나 이득을 얻길 기대하지만, 결국 두 맷돌 사이에 자신의 다리를 집어넣은 꼴이 되어 큰 낭패를 보게 될 것이다. 이들이 받을 보상이라곤 결국 '스스로 자초한 파멸' 뿐이다.

이런 부류의 사람들은 남들의 삶에 갈등을 일으키고 분쟁을 야기하는 것을 삶의 즐거움으로 삼는다. 원래 사이가 좋고 서로 신뢰하던 이들이 이들의 이간질로 인해 서로 시기와 증오에 빠지게 된다. 혀끝에서 나오는 말은 독이며, 그들의 마음은 음험한 교활함으로 가득하다. 전혀 다툴 이유 없던 사람들에게 거짓말과 날카로운 비방의 말들을 던져 그들을 불화와 증오 속으로 몰아넣는다. 이런 자들에게는 선하고 결백한 사람조차 목표물이 된다. 잘못이 없는 이들을 거짓으로 음해하고, 원래 화목했던 관계를 갈기갈기 찢는 것이 이들의 낙이다.

당하는 이는 영문도 모른 채 어느 날 갑자기 명예와 평판이 바닥에 떨어지고, 사람들 입에 오르내리며 곤욕을 치른다. 한마디 거짓 소문이 큰 재난으로 번지는 경우를 우리는 종종 본다.

세상을 둘러보라. 헛소문을 퍼뜨리는 자보다 더 위험한 존재가 또 어디 있겠는가? 그들의 혀는 치명적인 독화살, 그들의 말은 죽음을 부르는 독약이나 다름없다. 천 마디 거짓말을 지어내어 어디든 흩뿌려 놓으면서, 그들이 원하는 건 단 하나, 혼란과 파멸이다.

원만하게 친교를 맺고 살던 두 사람 사이에도 이들은 불씨를 던진다. 조금 전까지만 해도 전혀 다툴 일이 없던 사람들이 이들의 말 한마디에 피차 불신하고 다투게 되니, 얼마나 간교한가. 비방꾼들은 종종 자기 말에 발목 잡혀 본인에게 해가 돌아옴에도 아랑곳하지 않는다. 또한 이들은 누군가 따지면 "난 그런 의도가 아니었다"라고 하며 자신의 언행을 감추고 변명한다. 어떤 이들은 겉으로는 모든 것에 맞장구치는 아첨꾼이지만, 뒤돌아서는 순간 독설과 비방을 쏟아내어 남을 해친다.

오늘날 세상은 온통 중상과 헛소문으로 가득하다. 많은 이들이 진실된 말보다 근거 없는 악담이나 소문을 더 쉽게 믿고, 오히려 신중하고 고결한 조언보다 비열한 험담에 더 귀 기울인다. 그러나 어떤 이든 분쟁을 조장하고, 사랑과 우애를 파괴하며, 미움과 오해를 퍼뜨리는 행위는 절대 용납되어서는 안 된다. 이런 자들은 차라리 어두운 감옥에 가두어 영원히 사회로부터 격리하는 것이 마땅할 정도다. 그들의 혀는 단 한 번의 말로 큰 상처를 남기며, 사람들 사이의 우애를 짓밟는다.

간혹 오래된 악덕의 굴레에 묶인 이들, 예를 들어 한평생 몸을 팔아온 늙은 여인과 그 같은 악행에 물든 이들이 모여 앉아 남을 헐뜯고 비난하는 예도 있다. 뿌리 깊은 악습 속에서 그들의 다음 세대까지 험담과 비방하는 습관을 이어받는다. 행동이 곧 그 사람의 본성 아닌가? 선하고 자비로운 이는 결코 남을 모함하거나 싸움 붙이지 않는다. 그러나 악랄한 자는 언제나 거짓말로 분쟁을 일으키려 한다. 하지만 흔히, 그들이 애써 심은 악의 씨앗은 언젠가 자기 발목을 물고, 결국 스스로를 파멸로 몰고 간다.

그러니 사람들을 헐뜯는 중상꾼들은 이제 악행을 그만두어야 한다. 예수 그리스도께서도 결백한 이들을 모함하는 자들에게 재앙이 있으리라 하지 않았던가. 남에게 해를 주려는 악의적인 비방은 결국 자기 자신에게 되돌아온다. 인내심 있게 참는 자, 올바른 이들에게는 복이 있을 것이며, 비방하는 이들에게는 심판만이 남아 있을 뿐이다.

여덟 번째 바보

현명한 충고를
외면하는 자

여기 또 다른 부류의 바보들이 우리 배에 올라타려 한다. 이들은 지혜나 현명한 가르침을 전혀 이해하지 못하면서도, 누군가의 조언을 구하거나 따르는 것을 몹시 꺼리고 경멸한다. 차라리 자기 고집대로 문제를 풀다 실패하더라도, 현명한 충고를 좇아 이익을 얻으려 하지는 않는 부류다. 이런 어리석은 이들이 나중에 고통과 손해를 혼자서 감당한다 해도, 그저 자기 탓일 뿐이다.

분명히 이런 태도는 어리석음의 극치다. 현명해지려 하고, 유익한 조언을 얻고자 하는 사람이라면 자신의 부족함을 알고 다른 이들의 조언을 경청해야 할 텐데, 이들은 스스로를 이미 충분히 지혜롭다고 여기면서 다른 사람이 줄 수 있는 어떤 도움이나 조언도 거부한다. 혹시나 자신이 아는 것이 전부가 아닐 수 있다는 가능성을 배제한 채 어떤 문제든지 오직 자신의 판단만이 최고라고 믿는다. 그런데 묘한 것은, 실제로는 전혀 지혜롭지 않은데도 스스로 명석하다고 착각하는 경우가 많다는 점이다. 그렇게 늘 자신만만하지만, 실상은 매우 어리석은 것이다.

사실 아무리 영리하고 언변이 좋은 사람도, 세상의 모든 지혜를 혼자 다 알 수는 없다. 경험은 사람마다 달라서, 우리가 접하지 못한 부분을 다른 이가 알고 있을 수 있다. 그러므로 그 어떤 현명한 사람도 타인의 조언을 전적으로 무시해서는 안 된다. 심지어 어리석은 자의 조언 중에서도 뜻밖의 도움이 되는 말이 있을 수 있다. 그런데 이들 바보는 애당초 남의 말을 들으려 하지 않는다. 그저 자신의 생각만 고집하며, 결과가 어떻든 간에 완고하게 밀어붙인다.

역사와 전해 내려오는 이야기 속에는 현명한 조언을 무시하고 고집대로 하다가 파멸한 인물들에 대한 사례가 넘쳐난다. 예를 들어 트로이전쟁 때도 현명한 조언을 따르지 않고 자기 고집만 부린 왕과 영웅들이 있었다. 헥토르가 부친의 충고를 무시하지 않았다면, 아킬레우스의 창에 찔려 비참한 죽음을 당하지 않았을지도 모른다. 이런 사례는 수도 없이 많은데, 오레스테스와 휠로스*, 네로 황제의 만행과 실패 모두 고집으로 인해 현명한 조언을 외면하다 결국 큰 피해를 본 사례들이다.

---

* 헤라클레스의 아들로, 헤라클레스의 3대 후의 자손이 펠로폰네소스를 얻을 것이라는 신탁을 잘못 해석하여 오레스테스가 지배하던 펠로폰네소스로 진군했다가 오레스테스의 대리인 에케무스(테게아의 왕)와의 일대일 결투에서 패하여 죽는다. 영역판에는 피로스(Pyrrhos)로 표기되어 있으나, 오레스테스가 아버지의 복수에 성공한 직후 살해한 인물인 피로스는 이 바보 이야기의 사례로 적합하지 않아 보인다. 아마도 영역판 역자 바클레이가 휠로스와 피로스의 이름을 혼동한 듯 보인다.

토비아의 이야기도 있다. 토비트는 아들 토비아에게 명민한 조언자, 현명한 이들의 조언을 따르라고 신신당부했다.* 그러나 반대로 르호보암 같은 인물은 어리석은 조언만 골라 따르다가 왕국과 권력을 잃고 말았다.** 이런 사례를 두루 살펴보면, 참으로 많은 왕과 공작, 제왕들이 현명한 조언을 무시하다 치욕과 멸망으로 끝맺는 일이 많았다.

그러니 아무리 스스로 똑똑하다고 생각하더라도, 다른 이들의 신중하고 사려 깊은 충고에 귀 기울일 필요가 있다. 온전히 자기 생각만이 옳다고 우기는 것은 맹목적인 고집일 뿐이며, 그러다 결국 큰 실패를 맞닥뜨리기 십상이다. 누군가는 너그럽게, 더 폭넓은 경험과 통찰로 당신을 이끌어 줄 수 있다. 결국 다양

---

*　　　기독교의 제2경전인 토빗기의 이야기. 이스라엘 왕국의 납탈리지파에 속했던 토비트는 아시리아의 샬마네세르 5세에 의해 이스라엘 왕국이 멸망하자 아시리아의 니네베로 끌려간다. 새의 배설물을 눈에 맞고 눈이 멀게 되자 죽음을 감지하고, 아들 토비아에게 유언을 남긴다. 그리고 메디아에 있는 지인에게 빌려준 돈을 받아오도록 한다. 천사 라파엘의 정체를 모른 채 그를 길잡이로 구한 토비아는 메디아로 가던 중 라파엘의 조언을 받아 괴상한 물고기를 잡는다. 라파엘은 토비아에게 물고기의 내장을 챙겨두도록 조언했는데, 이후 그 내장으로 마귀를 쫓고 아버지의 눈을 뜨도록 돕는다.

**　　르호보암은 솔로몬의 아들로, 이스라엘 왕국의 왕이다. 세금과 노역의 부담을 줄여달라는 백성들의 요구에 대해, 더 가혹한 통치가 필요하다는 조언만 듣고 그 요구에 응하다가, 왕국이 분열되고 종국에는 이집트의 속국이 되었다.

한 지혜를 종합해 더 나은 선택을 할 수 있음에도, 무모하게 자기 의견만을 밀어붙이다 실패하는 자는 어리석은 자들 가운데서도 가장 딱한 유형이다.

이러한 어리석음은 굳이 마차를 끌며 갈지 않아도 되는 땅에 고랑을 깊이 파거나, 밭을 엉망으로 뒤집어 놓고 제대로 된 경작 없이 끝내는 농부의 어리석음과 같다. 조언과 지혜를 앞에 두고도 외면한 채 자신만의 길을 어리석게 이어가다가 결국 돌이키기 어려운 결과를 맞이한다면, 그 책임은 온전히 자기 몫일 뿐이다.

아홉 번째 바보

무질서하고 품위 없는 행동거지를 하는 자

여기에도 한 부류의 바보들이 있다. 이들은 타락한 행동거지와 어긋난 태도로 가득 차 있으며, 그 모습은 가히 혐오스럽다. 이들은 제대로 된 예의를 갖추지 못하고, 자신들의 오만한 태도와 비웃는 눈빛, 멸시하는 표정으로 내면의 무지와 어리석음을 드러낸다. 자, 이제 이들의 어리석은 행동거지를 지적해 보려 한다. 이들은 자신도 바보이고, 또 다른 어리석은 이들과 함께 어울리며, 자신의 어리석음을 상징하는 '어릿광대 막대기'를 이끌고 다니는 것처럼 보인다.

우리 시대에는 훌륭한 품행을 갖춘 사람들을 찾기 어렵다. 예전처럼 정숙하고 점잖은 예의범절은 거의 사라져 버렸고, 남녀노소, 신분고하를 막론하고 모두가 어느 방향으로든 무질서한 태도로 치우쳐 있다. 명예나 선한 의지 따위는 뒤로 한 채 이제는 누가 더 부적절한 행동을 일삼는지 겨루기라도 하는 듯하다. 모두가 죄악과 불순한 행위를 향해 달려가며, 그야말로 속절없는 욕망과 부도덕한 행위를 삶의 목표처럼 삼는다.

어떤 이들은 모자를 한쪽으로 비뚤게 쓰고, 또 어떤 이들은 팔과 머리를 마구 흔들며 차분히 한곳에 머물지 못한다. 오히려 동물보다도 더 들뜬 모습으로 자신들의 우스꽝스러운 어리석음을 드러낸다. 어떤 이는 시도 때도 없이 화를 내어 모두에게 미움을 사고, 또 다른 이는 연신 헛웃음과 조롱 섞인 농담만 쏟아낸다. 어떤 이들은 스스로를 귀족이나 권위자라도 된 듯 착각하지만, 정작 그들은 비천한 신분 또는 범속한 처지에 놓여 있다.

뇌물을 받아먹는 하급 관리나 남의 재물을 가로채는 악당들이 천지를 활보하고, 도둑질과 싸움을 일삼는 범죄자들이 대접받는 세상이다. 게다가 이런 부정한 이들이 바로 이 시대를 대표하는 것처럼 여겨지는 형국이다. 교회 안에서조차 경건함은 거의 찾아볼 수 없고, 남녀노소 할 것 없이 함부로 행동하며, 기도나 예식을 방해한다. 누군가는 교회에서조차 음탕한 농담과 무례한 언행에 몰두한다. 이렇듯 사람들은 바른 품행이나 존경심 따위는 내던지고, 어리석고 추한 행동에 깊이 빠져 있다.

반면 좋은 품행으로 무장한 사람은 이런 비열한 무리로부터 멀어져, 조용히 자신의 길을 갈 뿐이다. 올바른 품격과 예절은 지혜와 미덕의 씨앗이며, 이러한 덕행을 갖춘 이는 누가 보아도 훌륭한 인격자로 존중받는다. 겸손하고 정직하며 절도 있는 사람이라면, 주변에도 좋은 영향을 미치고, 자기 자신뿐 아니라 주변 사람들 모두를 고양시킬 것이다.

그러나 어리석은 무리는 끝내 자신의 어긋난 태도를 바로잡지 못한다. 그들은 자신의 부도덕하고 혼란스러운 생활을 결코 멈추지 않고 스스로를 망치며, 결국 삶의 끝자락에서조차 어리석음을 지닌 채 숨진다. 결국 이 무질서하고 품위 없는 삶을 살아가는 바보들이, 아름다운 덕행으로 인도하는 선하고 지혜로운 길을 거절한 대가로, 오로지 수치스러운 생애의 마침표를 찍을 뿐이라는 사실을 우리는 깨달아야 한다.

열 번째 바보

우정과 친교를
스스로 끊어내는 자

한 인간이 부당한 권력과 폭력을 휘둘러 순박하고 겸손한 사람을 근거 없이 억누르고 짓밟는다면, 그는 어리석고 사악한 자일 뿐이다. 결국 그는 스스로 파놓은 무덤에 빠져들고, 그릇된 삶을 산 대가로 비참한 죽음을 맞이할 것이다.

무력을 사용하거나 불의한 판결을 내려 결백한 이를 억압하고, 불법적 이득이나 자기 편의를 위해 법과 정의를 왜곡하는 자는 진정한 어리석음의 전형이다. 법정이나 권력의 자리에 있으면서도 올바름과 공정함을 저버리고, 가난하고 약한 이의 권리를 무시한다면, 그들은 스스로를 파멸로 몰고 갈 것이다.

우정과 화합, 그리고 애정 어린 친교는 이제 세상에서 찾아보기 힘들다. 사람들은 더 이상 참된 믿음과 의리를 중시하지 않으며, 대신 돈과 재물을 더 귀하게 여긴다. 이처럼 진정한 친구를 가벼이 여기고, 야박한 처사로 믿음을 저버리는 이들은 자신의 영혼을 더럽히고, 세상에 선한 영향력을 끼칠 기회를 영영 잃는다.

한때 세상에는 굳건한 우정과 의리를 나누던 고결한 영혼들이 있었다. 그리스에선 많은 이들이 불굴의 충성과 서로를 위한 희생으로 빛나는 역사를 써나갔다. 문헌에 기록된 파트로클로스와 아킬레우스의 우정*, 오레스테스와 필라데스의 연대**, 다모나스(혹은 다몬)와 피디아스(혹은 피티아스)의 우정***, 라엘리우스와 스키피오의 우정은 우리가 본받아야 할 고귀한 이상이었다. 그러나 오늘날, 이처럼 깨끗하고도 충실한 우정을 찾기 어려운 이유는 사람들의 마음에 서식한 잔혹함과 자기 이익만을 추구하는 탐욕 때문이다. 벗을 구하는 대신 돈이나 권력을 최우선에 두고, 친교보다는 경쟁과 배신을 일삼는 이들이 많아졌다. 그렇게 인간관계는 표면적이고 이기적인 이해관계로 변질되었고, 진실한 우정은 설 자리를 잃었다.

우정을 무너뜨리고 친구를 배신하는 행동은 결국 스스로를 무너뜨리는 길이다. 정의로운 재판관과 현명한 조언자가 있었

---

* 파트로클로스는 어린 시절 죄를 짓고 아킬레우스의 아버지가 지배하는 프티아로 피신한다. 여기서 만난 아킬레우스와 절친한 사이가 되었고, 트로이전쟁에도 프티아군의 대장과 부장으로 나란히 참전했다. 트로이전쟁 중 아킬레우스는 총대장 아가멤논과의 불화로 전투를 거부했고, 이로 인해 그리스군은 헥토르가 이끄는 트로이군에게 학살당한다. 이로 인해 파트로클로스는 아킬레우스에게 갑옷이라도 빌려달라 청하고, 아킬레우스는 이에 응해 갑옷을 빌려주고 부대의 지휘권도 그에게 맡긴다. 이어진 전투에서 파트로클로스가 헥토르에게 전사하자 이에 격분한 아킬레우스가 비로소 전투에 참여하게 된다.

** 트로이전쟁에서 귀환한 아가멤논은 부인 크뤼타임네스트라와 사촌 아이기스토스에 의해 살해당한다. 이에 생명의 위협을 느낀 아가멤논의 아들 오레스테스는 포키스로 피신하고, 국왕 스트로피오스의 아들 필라데스와 친우가 된다. 그리고 힘을 합쳐 오레스테스의 복수를 수행하게 된다.

던 과거와 달리, 이제는 불의한 판결과 부정한 이익이 넘쳐나고, 마음 약한 이들을 노예처럼 다루는 시대가 되어버렸다. 그러나 기억해야 할 것은, 이 세상을 주관하는 신 또는 절대적 정의는 모든 인간의 생각과 행동을 감찰한다는 사실이다. 결국 잘못된 권력과 탐욕으로 빚어진 우정 파괴자들은 죽음 이후 준엄한 심판을 면치 못한다.

*** 피디아스는 시라쿠사(시칠리아섬에 있던 도시국가)의 폭군 디오니시우스 1세에 대한 모종의 음모를 꾸몄다는 혐의로 사형을 선고받는다. 그는 가족을 만나고 올 수 있도록 왕에게 간청했으나, 왕은 이를 거절했다. 그러자 피디아스의 친우 다모나스는 친구가 가족을 만나고 올 동안 자신이 인질이 될 것을 자청했다. 왕은 피디아스가 돌아오지 않는다면 대신 다모나스를 처형한다는 조건으로 이를 수락했다. 누구도 다모나스가 돌아오지 않을 것이라고 예상했으나, 형 집행 직전 그는 돌아왔고, 이에 감동한 왕은 두 사람을 사면해 주었다.

열한 번째 바보

거룩한 성서를 멸시하는 자

세상에는 영적 진리를 담은 성스러운 성서보다 어리석은 자들의 빈약한 이야기나 근거 없는 말에 더 귀 기울이는 사람들이 있다. 그들은 지혜가 담긴 신의 말씀을 멸시하고, 대신 가치 없는 소리나 가벼운 농담에 깊은 신뢰를 두려 한다. 성서는 우리의 신앙과 믿음의 든든한 토대요, 죄악으로 가득한 세상에서 영혼을 지키는 방패와도 같은데, 이들은 그것을 하찮게 여기며 단지 우스갯소리에나 귀를 기울인다.

이런 이들은 신성한 계시보다 사람들의 허황된 이야기나 전설, 우스갯소리를 더 신봉한다. 마치 성서의 가르침보다도 어리석은 우화나 전설, 〈로빈 후드〉 같은 세속적인 이야기들의 진실성을 더 믿는 것처럼 보인다. 그들은 신의 말씀에 담긴 진리와 보호를 등지고 그냥 헛된 말뿐인 재담에 몰두하는데, 이는 마치 동물처럼 본능적으로만 사는 태도와 다를 바 없다. 그들은 지옥이나 천국의 존재를 믿지 않거나, 지옥에서의 처벌이나 천국의 복락을 진지하게 생각하지 않는다. 그리하여 성서를 무시하는 태도로 살아가며, 신의 뜻과 심판을 우습게 여기며 살아간다.

그러나 이들을 교화하려 해도 소용없다. 그들의 마음은 이미 완고하고 눈먼 상태에 있어, 어떤 경고나 설교, 거룩한 진리도 통하지 않는다. 그들은 성서의 가르침을 듣지 않으며, 어떤 설교자가 와서 아름다운 천국의 기쁨이나 지옥의 고통을 설명해도, 전혀 귀 기울이지 않는다. 이런 이들에게는 아무리 현명한 학자의 글이나 아름다운 교훈도 무의미하며, 그들은 오직 세속적이고 헛된 소리만을 좇을 뿐이다.

결국 성서를 멸시하고 신이 예비하신 영원한 생명을 무시한 채 어리석은 이야기와 농담에 마음을 빼앗긴 이들은, 마지막 날 신 앞에 서게 될 때 쓸쓸한 결과에 직면한다. 신은 모든 인간의 마음속 생각과 행위를 꿰뚫고 계시며, 세속적이고 공허한 헛말에 집착한 이들에게는 그들의 어리석음에 합당한 심판과 고통을 내리실 뿐이다.

그러므로 누구든 성서의 가르침을 가벼이 여기지 말고, 신의 말씀을 삶의 본보기로 삼아야 한다. 지혜와 진실을 담은 성서에 귀 기울여 영혼을 정결하게 하고, 올바른 길을 걸어가야 한다. 어리석은 웃음거리나 허무한 농담으로 영혼의 양식을 대신할 수 없다. 성서를 멸시하는 자는 결국 영원한 삶의 축복을 잃고, 신의 심판의 날에 온전한 대답을 할 수 없을 것이다.

열두 번째 바보

대비 없이 무모하게 나아가는 자

말 안장도 제대로 죄지 않고 성급히 말 위에 오르려 하다가 넘어지고 마는 사람은 어리석다. 그와 마찬가지로, 장래를 대비하지 않고 앞날에 닥칠 어려움에 아무런 준비 없이 부딪히는 사람 또한 어리석다. 안타깝게도 우리 주변에는 이렇게 미리 준비하지 않아, 결국 스스로를 곤경에 빠뜨리는 이들이 너무나 많다.

어떤 이들은 예측 가능한 위험을 보면서도 "설마 그렇게 되겠어?" 하며 흘려보내다가, 막상 위험이 닥치면 그제야 허둥지둥 대며 후회한다. 하지만 미리 대비하지 않은 탓에, 이미 늦어버린 상황에서 늦게나마 살려달라 외치며 애걸복걸해도 소용이 없다. 이런 사람들은 "내일 준비해도 돼" 하며 시간을 흘려보내지만, 결국 준비하지 않은 상태로 위험을 맞게 된다.

지혜로운 사람은 먼 훗날 닥칠 재난이나 어려움을 내다보고 미리 대비하여 상황을 안정적으로 이끌어 간다. 반면 어리석은 사람은 눈앞의 일만 생각하다가 스스로 위기에 빠진 뒤에야 허둥거린다. 말이 도망간 뒤에 마구간 문을 잠그는 격이다. 사전에 대비하지 않으면, 위험이 닥쳤을 때 아무리 통곡해도 되돌릴 수 없다.

구약성서의 아담이 금지된 과일이 가져올 결과를 미리 헤아렸다면, 죄의 대가로 낙원에서 쫓겨나는 비극을 피할 수 있었을 것이다. 성서나 역사 속 예시들은 미리 대비하지 않은 어리석은 선택이 파국을 불러오곤 했음을 보여준다. 앞서 행한 행동의 끝을 고려하지 않는 어리석은 이들은 결국 큰 손해와 고통을 맞이한다.

따라서 현명한 사람은 미리 의논하고 신중히 결정한다. 충분한 계획과 조언을 바탕으로 행동하므로, 위험을 피하고 목표를 달성한다. 성경과 선인의 가르침은 이를 분명하게 보여주며, 사려 깊은 대비와 지혜로운 조언을 구하는 이는 곤경에서 벗어나고 목표하는 바를 이룰 수 있다.

하지만 대비 없이 행동하는 어리석은 사람은 때늦은 후회와 손해만 얻을 뿐이다. 그들은 무방비 상태로 스스로를 위험에 맡기고, 덕분에 어려움이 닥쳤을 때 아무런 대책도 없이 무너진다. 그러니 명심하라. 아무런 준비 없이 무작정 나아가기보다 사전에 충분히 생각하고 대비하는 지혜로운 태도가 참된 안전과 성공으로 이끄는 길이다.

열세 번째 바보

육욕과 쾌락에 빠진 자

여기 또 다른 부류의 어리석은 이들이 있다. 이들은 사랑이라는 이름을 내세우는 욕망에 사로잡혀, 비너스가 쳐놓은 함정에 빠져버린 자들이다. 이들은 눈먼 듯 어리석어 참된 지혜를 찾지 못하고, 삶을 슬픔과 치욕, 고통 속에서 허비한다. 비너스의 덫에 걸린 사람은 자신이 상처 입었다는 사실을 깨닫기 어렵고, 대개는 아무런 대비도, 치료도 하지 못한 채 점점 깊은 불행으로 빠져든다.

이처럼 욕망에 사로잡힌 사람은 신중한 이성의 목소리를 듣지 않는다. 욕정의 눈먼 다트에 맞은 이들은 세상의 이치를 무시한 채 맹목적으로 쾌락을 좇는다. 그 결과 자신의 명예를 잃고 재산을 탕진하며, 신 앞에서 부끄러운 삶을 살게 된다. 많은 예가 이미 역사와 성서, 신화 속에 기록되어 있다.

트로이의 파멸은 파리스의 어리석은 욕망에서 비롯되었다. 파리스는 헬레네를 그리스에서 훔쳐 왔고, 그로 인해 트로이와 프리아모스 왕은 완전히 멸망하고 말았다. 또한 로마의 명장 안토니우스도 클레오파트라에 대한 왜곡된 사랑 때문에 위대한 업적을 날려버리고, 마지막에 비참한 최후를 맞이했다. 사랑을 빙자한 욕망이 얼마나 큰 파멸을 가져올 수 있는가를 역사는 반복해서 말하고 있다.

　벗어나기 어려운 육욕의 덫에 걸리면, 사람은 이성을 잃고 계속해서 더 깊은 어둠으로 미끄러진다. 이 어둠 속에는 단 한 줌의 휴식도, 참된 기쁨도 존재하지 않는다. 하물며 신의 경고와 벌까지 무시하며 욕망을 좇을 때, 그 끝은 지옥불뿐이다.

　성서와 옛이야기들이 전해주는 분명한 교훈은, 불순한 욕망을 가진 자는 언젠가 반드시 끔찍한 대가를 치른다는 것이다. 소돔과 고모라의 사례가 이를 명확히 보여준다. 두 도시는 자연질서를 거스른 죄*로 땅속에 매장되듯 멸망했다. 이러한 비극이 되풀이되는 이유는 인간이 욕망에 눈멀어 신의 가르침과 자연의 이치를 무시하기 때문이다.

　바라건대 이를 읽는 이들이 치명적인 욕망의 덫에서 벗어나길 바란다. 불순한 사랑과 육욕에 매몰된 자는 돌이킬 수 없는

---

*　성경에 따를 때 신이 아브라함에게 악행의 도시 소돔과 고모라를 멸하려는 계획을 알려주자, 아브라함은 소돔에 의인 열 명만 있으면 그 계획을 철회해 달라고 간청한다. 신은 이를 받아들이고 천사 둘을 소돔에 보내 의인이 얼마나 있는지 살피게 한다. 성인 남성의 모습을 한 천사들이 성 어귀에 나타나자, 그들을 먼저 본 아브라함의 조카 롯은 황급히 그들을 자신의 집으로 피신시킨다. 그러나 그날 밤 성안의 모든 남자들이 롯의 집으로 몰려와 그들을 내놓을 것을 요구하며 롯을 협박하고, 신은 결국 소돔과 고모라를 불로 멸한다. 성경에 구체적으로 묘사된 소돔과 고모라의 악행은 이것이 유일한데, 대부분의 성경 번역가와 해석자들은 이를 남색에 대한 성경의 부정적 인식으로 보고 있다. 저자는 이를 우회적으로 '자연질서를 거스른 죄'라고 표현하고 있는 것이다.

파멸을 맞이할 뿐이다. 참되고 선한 사랑은 경건함과 절제 위에 세워져야 함을 명심하라. 세속의 욕망에 쉽게 흔들리지 않고 신과 이성의 목소리에 귀 기울일 때, 우리는 비로소 어리석음에서 벗어나 참된 평온과 행복을 발견할 수 있을 것이다.

열네 번째 바보

신의 자비만 믿고 죄짓기를 멈추지 않는 자

이 세상에는 죄를 짓고도 뉘우치지 않은 채 신의 자비만 믿고 계속 잘못을 저지르는 이들이 있다. 이들은 신께서 모든 죄를 벌하지 않고 계시니, 자신들도 심판받지 않을 것이라고 자위하며 안일하게 살아간다. 하지만 그런 행위는 어리석은 자기기만일 뿐이다.

물론 신께서는 무한한 자비와 인내를 지니신 분이다. 하지만 그 자비는 뉘우치고 돌아오는 이들에게 베푸시는 것이지, 죄를 계속 지으며 회개할 의지가 전혀 없는 이들에게 베푸시는 것이 아니다. 그런데도 어떤 이들은 '신께서 언제나 용서하시니, 굳이 지금 회개할 필요가 있겠는가?' 하고 생각한다. 이런 이들은 마치 지옥이 없고 고통의 벌도 전혀 없는 듯이 행동하며, 죄를 짓는 것에 거리낌이 없다.

그러나 성서와 역사가 보여주듯, 신의 정의 또한 자비만큼이나 실재하고 공정하다. 수많은 과거의 인물과 나라들이 죄악과 불의로 인해 결국 신의 징벌을 받았다. 소돔과 고모라가 죄악으로 인해 생매장되듯 멸망한 사례나, 교만하고 잔인했던 통치자들이 결국 비참한 말로를 맞이한 이야기에서 우리는 분명한 교훈을 얻는다. 은혜로운 시간이 우리에게 주어진 것은 회개하고 돌아오라는 뜻이지, 죄를 이어가라는 뜻이 전혀 아니다.

　과거 죄인들 가운데 회개하고 돌아온 이들은 구원을 받았지만, 끝끝내 잘못을 멈추지 않은 이들은 형벌을 피할 수 없었다. 신께서는 죄를 넘어설 수 있는 은혜와 시간을 주신다. 그러나 이를 악용하고 '언젠가 용서받겠지'라는 헛된 희망으로 끝없이 죄짓기를 계속한다면, 마지막에는 영원한 파멸과 고통을 면치 못한다.

　우리 모두 이 진리를 기억해야 한다. 신의 자비를 이유로 죄를 계속 저지르는 어리석음에서 벗어나라. 진정한 회개와 올바른 삶을 통해 신의 정의와 자비가 조화를 이루는 구원의 길로 나아가야 한다. 죄악을 끊고 돌아오는 자에겐 자비가 있지만, 죄에 머무르며 자비를 구실 삼는 자에겐 오직 심판만이 기다리고 있다는 것을 명심하라.

열다섯 번째 바보

충분한 준비 없이
대규모 건축을 시작하는 자

여러분, 이리로 가까이 오십시오. 여기에 보잘것없는 준비나 계산도 하지 않은 채 거창한 건물을 지으려는 자의 어리석음을 밝혀내는 장면이 있습니다. 아무런 계획 없이 큰 공사를 시작했다가, 재정이나 능력이 모자라 결국 부끄러운 실패를 맛보게 되는 경우가 얼마나 많은지 생각해 보십시오.

지혜로운 사람이라면, 어떤 건물이나 큰 사업을 시작하기 전에 반드시 비용과 규모를 면밀히 검토할 것입니다. 그러지 않으면 공정이 중도에 막히고, 모든 노력이 헛수고가 되어버립니다. 실제로 많은 사람들이 멋진 저택이나 웅장한 건물을 짓겠다며 뛰어들었다가, 나중에 비용이 부족해서 멈추고 맙니다. 그들은 하던 일을 마치지 못하자 망연자실하여, 공사를 시작한 날을 저주하게 되지요.

성서와 역사를 통해 잘 알 수 있듯, 충분한 준비 없이 교만하게 건축에 뛰어든 자가 신의 심판을 받거나 실패를 맞이한 사례를 적지 않게 볼 수 있습니다. 바빌론의 왕 느부갓네살은 도시를 웅장하게 세우려다 결국 신의 징계를 받고 비참한 결말을 맞습니다. 또 다른 사례인 님로드는 바벨탑을 쌓으며 하늘까지 닿고자 했지만, 언어가 혼란스러워지면서 결국 탑이 완성되지 못했고, 사람들은 흩어지고 말았습니다.

이러한 사례들은 분명히 말해줍니다. 충분한 자원과 능력이 뒷받침되지 않은 채로 큰일을 시작하는 것은, 어리석은 일이라는 사실을 말입니다. 특히 건축의 경우, 막대한 자금과 재료, 인력이 필요합니다. 그러므로 지혜로운 이는 반드시 미리 재정을 계산하고 준비한 뒤 공사를 시작합니다. 그렇지 않으면 들인 노동과 시간이 모두 허사가 되고, 사람들의 비웃음만 사게 될 것입니다.

우리의 선조들은 커다란 건축물을 일으키기 전에는 반드시 철저한 준비가 필요하다고 강조했습니다. 또한 대부분의 위대한 건축은 왕이나 거대한 재력가 같은 충분한 자원을 가진 이들이 있었기에 가능했습니다. 신중하고 현실적인 계획 없이 대규모 건축에 달려드는 것은, 결국 아무것도 얻지 못한 채 수고만 허비하고, 남들로부터 조롱받는 어리석은 일입니다.

요컨대 큰일을 꾸미고자 한다면, 먼저 상황을 명확히 파악하고 필요한 자원을 확보하십시오. 무계획적인 출발은 결국 도중에 멈춰버린 공사 현장과 같이, 황량하고 씁쓸한 흔적만 남길 뿐입니다.

열여섯 번째 바보

탐식과 주정으로 파멸하는 자

우리 이 바보들의 배에는 반드시 한 자리를 차지할 부류가 있다. 바로 술과 음식에 절제 없이 탐닉하는 이들이다. 이들은 과도한 먹거리와 술잔 속에서만 기쁨을 찾으며, 거칠고 부정한 방식으로 위장을 채우는 데 온 정신을 쏟는다. 영혼은 안중에도 없고, 오직 술잔을 비우고 또 비우는 것만이 삶의 목표다.

하지만 술 취함이라는 광기는 너무나 심해, 각종 질병과 상처, 무모한 다툼과 불화를 낳고, 심지어 갑작스러운 죽음과 슬픔까지 불러온다. 이성적 판단이 마비되면, 몸은 나약해지고 뇌는 흐려지며, 품위와 아름다움도 잃게 된다. 결국 술과 폭식은 모든 예의를 무너뜨리고, 사람을 본능에만 휘둘리는 짐승으로 만든다.

술과 음식에 사로잡힌 이들은 밤낮없이 술집을 전전하며 서로 다투거나 음란한 행위에 빠진다. 주정과 탐식은 온갖 추악한 죄악의 씨앗을 뿌리고, 살인이나 도둑질 같은 극악무도한 범죄까지 낳는다. 그렇게 많은 이들이 이 악덕으로 인해 비참한 최후를 맞는다.

역사를 돌아보면, 수많은 도시와 명망 높은 가문들이 술과 탐식, 음란함으로 인해 무너져 갔다. 뛰어난 장수나 제왕이라고 해도 술 앞에서 무너지는 모습을 종종 볼 수 있다. 토미리스의 아들이 키루스에게 패배한 배경에도 술로 인한 어리석음이 있었다.* 알렉산더 대왕조차도 술에 취해 가장 소중한 친구들을 죽였다. 어느 날은 체스 시합에서 이긴 부하를 술김에 처형하려 했으나, 부하가 기지를 발휘하여 "술이 깨신 뒤 폐하에게 호소하겠다"라고 말해 살아났을 정도다. 만취한 상황에서 내린 어리석은 결정이 얼마나 끔찍한 결과를 낳을 수 있는지, 이보다 더 분명하게 보여주는 사례가 또 있겠는가?

취하면 사람들은 미친 듯 날뛰거나 허튼소리를 내뱉으며, 때로는 싸우고 때로는 우울해하고 때로는 음담패설에 빠진다. 재산을 탕진하고, 비밀을 실토하며, 추태를 부리는 꼴이 끝도 없이 이어진다. 어떤 이는 과음으로 걷지도 못해 바닥에 쓰러지고, 또 어떤 이는 자기 행동을 통제하지 못한다. 이렇게 다양한 취중 난동만으로도 배 한 척 가득 '바보들'을 태울 수 있으리라.

바로 이런 이들을 향해 말하건대, 언제까지 인간의 존엄을 잃고 짐승처럼 살 텐가? 절도를 지킬 줄 안다면, 술은 오히려 기

---

* 페르시아의 왕 키루스 2세는 중앙아시아 정복전쟁 중 스키타이족의 일파인 마사게타이족과 충돌하게 된다. 키루스 2세는 장막들을 설치하고, 그 안에 다량의 포도주를 넣어놓으라는 조언을 듣고 이에 따른다. 이 장막들을 발견한 마사게타이군은 안에 있던 술을 모두 마셔버렸고, 곧 전투력을 상실하게 된다. 결국 페르시아군의 기습으로 마사게타이군은 분쇄되었고, 부족 여왕 토미리스의 아들이었던 대장 스파르가피세스는 포로가 되었다.

분을 북돋우고 머리를 맑게 한다. 하지만 과하면 두뇌와 지혜를 흐리게 하고, 결코 이성과 현명함이 깃들 수 없는 광기 어린 상태에 빠뜨린다.

모든 문헌을 뒤져봐도, 만취 상태와 지혜가 양립할 수 있다는 증거는 찾아볼 수 없다. 광기와 사리 분별을 잃은 곳에 이성과 현명함이 자리 잡을 리 없다.

열일곱 번째 바보

헛된 부에
탐닉하는 자

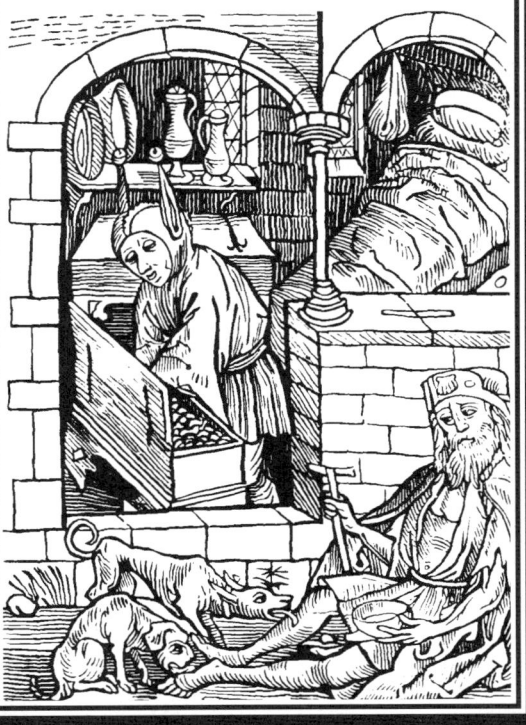

여기 또 다른 부류의 바보들이 있다. 그들은 과도한 재산을 모아 움켜쥐고도, 고통 속에 신음하는 이웃을 돕지 않는다. 가진 것이 없는 이웃은 가난과 비참함에 허덕이는데, 이들은 자기 재물 하나도 내놓으려 하지 않는다. 그러나 세상일은 모를 일. 운명의 변화로 그들 자신이 곤경에 처하여 다른 이들에게 구걸해야 할 때가 오면, 아무도 그들을 도와주지 않을 것이다.

무익한 부를 사랑하는 것은 어리석고 헛된 욕망이다. 게다가 이 욕망을 채우느라 온갖 근심과 고통을 감수하는 것 또한 어리석다. 그러나 놀라울 것은 없다. 어차피 이 세상은 부자에게 더 큰 경의를 표하고, 진정한 덕이나 지혜보다 재산이 우선시되는 일이 흔하기 때문이다.

현실은 명확하다. 부유한 자의 선물과 보답은 늘 최고의 대접을 받는다. 반면 훌륭한 인격과 올바른 행동은 철저히 외면당한다. 덕을 사랑하는 이는 적고, 가난을 높이 평가하는 이는 더더욱 드물다. 탐욕의 독한 가지가 전 세계에 뻗어, 연민과 친절마저 몰아내 버렸다. 이렇듯 불쌍하고 가난한 이들은 위로도, 동정도 받지 못한 채 비참함 속에 내버려지고, 오직 재산을 지닌 이들만이 '현명하다'고 추앙받는다.

이렇게 재산 많은 자는 순식간에 관리나 판관이 되고, 법정이나 궁정에서 중하게 여겨진다. 그가 비록 어리석어 머릿속이 텅 비었다 해도, 그것은 문제가 되지 않는다. 그는 시장이나 집정관, 관리로 손쉽게 오르고, 그의 예법만이 칭찬받으며, 그의 행위는 모두 대단한 가치가 있는 듯 칭송된다. 사람들은 모두 그를 향해 호의를 베풀고, 그에게 잘 보이기 위해 애쓴다. 그 이유는 오직 재산 때문이며, 그의 인격이나 덕망은 이에 아무런 영향도 미치지 않는다.

보라, 재산에 어떤 보상이 주어지는가를. 사람 됨됨이와는 상관없이 재산이 모든 판단의 기준이 된다. 지혜나 거룩함은 헛된 짚 더미처럼 취급되고, 먼저 묻는 것은 오직 "재산이 얼마나 되는가?" 하는 것뿐이다. 저택과 땅, 넉넉한 금전과 동전의 양에 따라 그의 말에 신뢰가 부여된다. 그가 아무리 허황된 거짓말을 해도 모두 진실로 믿어주지만, 반대로 가난한 이가 진실한 말만 골라 해도 아무도 믿어주지 않는다.

설령 가난한 이가 하늘과 지옥, 성인과 신의 창조물 모두를 증인 삼아 맹세해도, 아무도 그의 말을 믿으려 하지 않는다. 사람들은 "가난한 자가 신을 경멸했으므로 이렇게 벌을 받는 것"이라며 핑계를 댄다. 가난이 그들의 죄의 대가라 여기는 것이다. 반면 부자는 신께서 권능을 베푸시어 그들에게 재산을 부어주었다고 믿으며, 그들이 누리는 세속적 쾌락과 안락함을 정당화한다.

　부자는 온갖 다양한 선물과 후한 대접을 받는다. 맛있는 닭고기와 향기로운 토끼고기가 넘쳐나는데, 정작 이를 필요로 하는 가난한 이는 아무런 위로도 받지 못한다. 살찌고 맛있는 고기는 부자를 향해 구워지고, 마른 토끼고기는 버려진다. 아무것도 없는 이는 평생 가난 속에 머물지만, 부유한 이는 이미 많은 것을 갖추었지만 늘 부족해 더 가지려 든다.

　세상은 이리 불공평하다. 늑대는 양을 잡아먹고, 큰 물고기는 작은 물고기를 삼키며, 사냥개는 토끼를 쫓아다니며 괴롭힌다. 재산이 반 정도 있는 이도 전부를 가지고 싶어 한다. 부자의 즐거움은 막을 수 없고, 가난한 이가 분노해도 소용없다. 두려움에 떨며, 가난한 이가 자기 입에 들어갈 음식마저 부자에게 바치는 상황이 벌어진다. 그렇더라도 이 부유하고 욕심 많은 자는 만족하지 못한다. 이미 모든 것을 가졌으면서도 더 바라고, 그 막대한 부를 다 쓰지도 못하면서 한 푼도 궁핍한 이에게 내주지 않는다.

　오, 저주받을 탐욕이여! 이처럼 어리석은 정신과 욕망이라니. 결코 이익도 없을 부를 모으고자 죽도록 고생한다. 자문해 보라, 탐욕스러운 자여. 온 세상을 손에 쥔다 한들 만족할 수 없다면, 그게 무슨 소용인가? 너는 이 재산을 위해 고통스러운 노력을 기울이지만, 정작 진정한 즐거움은 얻지 못하고 마침내 죽음에 이르면, 너의 소유물은 뒤에 남아 다툼과 분쟁의 씨앗이 될 뿐이다.

물론 누군가에게 재산은 필요할 수도 있다. 제대로 된 방식으로 다룰 줄 알고, 적절히 관리하고 이웃을 돕는 데 쓴다면, 그 재산은 선이 될 것이다. 반면 가난한 이에게 손끝 하나 뻗지 않고 곤경에 처한 이를 거들지 않는다면, 결국 신께서 그를 엄히 벌하시고 그의 기도를 외면하실 것이다.

높은 신분을 가진 존귀한 이들이여, 신께서 여러분에게 부를 허락하셨다면, 고통받는 가난한 이를 불쌍히 여겨 그들을 도와주어라. 그들의 비참함을 조금이라도 덜어주어라. 신께서는 자비로 가난한 이를 돕는 이를 사랑하시며, 그 선행에 확실히 보답하실 것이다. 하늘나라의 끝없는 기쁨이라는 보물로 말이다. 그리하면 그대의 재산 또한 진정한 가치를 발휘하게 될 것이다.

열여덟 번째 바보

두 주인을
동시에 섬기려는 자

한 마리 사냥개로 두 마리 토끼를 동시에 잡으려 드는 이는 분명 어리석고 이성 없는 자다. 이처럼 한꺼번에 두 주인을 섬기려는 사람도 마찬가지다. 그는 결국 두 주인 중 한 명, 아니면 두 주인 모두를 불쾌하게 할 것이며, 결코 그들 모두를 만족시킬 수 없다.

또한 이와 같은 어리석은 사람은 신을 섬기면서 동시에 세속의 재물과 재화를 섬기려고 한다. 앞서 말했듯이, 두 주인을 동시에 섬길 수는 없다. 반드시 한쪽은 실망하게 될 것이고, 그에게서 진정한 사랑과 신뢰를 얻지 못한다.

한 마리 사냥개로 두 마리 토끼를 노리는 자는 대부분 둘 다 놓치고 만다. 혹 운이 좋아서 한 마리를 잡는다 해도 그 과정은 무척이나 어렵고 힘겹다. 마찬가지로, 세 발의 화살을 한 활에 동시에 걸어 한 목표를 겨냥하는 어리석은 이를 생각해 보라. 그가 쏜 화살은 과녁보다 높게 혹은 낮게, 혹은 한쪽 옆으로 빗나가기 마련이다. 결국 한 발도 제대로 맞히지 못하고 헛수고만 할 뿐이다.

이처럼 밤낮으로 여러 가지 부담스러운 일이나 직책을 한꺼번에 떠안으려는 자는 어둠 속을 헤매는 것과 같다. 여러 가지

일을 동시에 훌륭히 해내기란 어렵다. 너무 많은 일을 짊어지면, 생각과 몸이 모두 불안정해지고, 결국 그 어떤 일도 제대로 해내지 못한다.

이런 사람은 고민과 생각으로 뇌를 소진하고, 마음은 늘 흔들리며, 지혜는 흩어진다. 그는 여기저기 돌아다니며 몸을 혹사하고 한곳에 머물지 못한다. 일했다가 멍하게 생각에 빠지고, 달렸다가 말을 타며, 바다를 건너뛰고 다시 육지로 돌아오며, 때로는 프랑스로 때로는 플랑드르나 스페인으로 정신없이 오가며 안식이나 안정을 취하지 못한다. 이는 고통스러울 뿐으로, 전혀 이롭지 않다.

다양한 분야에 손을 뻗치는 건, 결국 아무것도 제대로 이룩하지 못하게 만든다. 한 사람이 너무 많은 부담을 진다면, 한쪽을 진행하는 동안 다른 한쪽 일이 뒤처진다. 그러므로 자신을 위해 충고하건대, 이 세상의 잡다한 것들을 내려놓고, 오로지 위에 계신 신을 섬기라.

신과 성인을 섬기며 이 세상의 재물을 하찮게 여기면, 영원한 기쁨이라는 보상을 얻을 것이다. 반면 이 세상에서 모든 사람에게 잘 보이려 하고, 권력자의 총애를 얻으려는 자는 끝없는 아부와 굴욕을 감수해야 한다. 그는 굽실거리고, 숨어 지내며, 아첨하고, 칭찬하고, 때로는 거짓말도 해야 한다. 심지어 사악한 자의 계략도 덮어주며, 주군의 뜻이라면 선악을 가리지 않고 따라야 한다.

　누군가 자신을 해치거나 모욕해도 참고 견디며 달콤한 말로 아첨해야 하고, 직위를 지키려면 항상 말조심을 해야 하며, 비천한 자나 높은 자나 똑같이 공손히 대해야 한다. 주인의 등을 긁어주며 마음을 살피고, 그 뜻이 좋든 나쁘든 따르며, 농담도 재치 있게 해내야 비로소 쓸모 있다고 여겨질 것이다. 실수라도 하면 금세 미움을 사니, 이러한 세속의 봉사는 전혀 안정적이지 않다.

　이렇게 세상을 섬기며 여러 자리를 탐하는 이가 설령 모든 의무를 다해도, 작은 실수나 사소한 결점 하나에 원한을 사서 순식간에 빈털터리로 내쫓길 수 있다. 귀족이든 평민이든 하인이든 마찬가지다. 세속 권력자에 대한 봉사는 결코 든든한 유산이 될 수 없다.

　이런 사례를 통해 분명히 알 수 있다. 불안정하고 일시적인 세속적 영예나 재물에 기대는 것보다 더욱 경건하고 합당한 길, 즉 신 한 분을 섬기는 길이 훨씬 낫다. 신을 진심으로 섬기는 이에게는 이 세상에서도 필요한 것을 신께서 아끼지 않으실 것이고, 죽은 뒤에는 천국의 영원한 기쁨을 선사하실 것이다.

열아홉 번째 바보

말 많고 수다스러워
신뢰를 잃는 자

자신의 혀를 다스리고 자제하여 어리석음 가득한 성급한 말을 누그러뜨릴 수 있는 사람은, 마음속 근심과 슬픔, 고통에서 벗어나 훨씬 편안하고 유익한 삶을 누리게 될 것이다. 반면 성급히 떠들어 대는 자는 큰 손실과 위험, 불이익에 빠질 수 있다. 이는 마치 까마귀가 재잘대는 소리로 자기 둥지와 새끼들의 존재를 드러내어, 결국 포식자에게 새끼들이 당하게 하는 꼴과도 같다.

이런 유형의 바보는 수없이 많다. 그들은 헛된 말과 쓸모없는 수다에서 즐거움을 느끼며, 때로는 아무 잘못도 없는 사람을 헐뜯고, 텅 빈 말과 잡담으로 마음과 머리를 가득 채운다. 결국 그 말로 인해 자신이 부끄러움을 당하고 피해를 입는 경우가 많다. 다른 사람들은 신경도 쓰지 않을 허튼소리에 집착하는 것은 바보들만의 특권이며, 이는 결국 자신에게 수치와 불명예를 안겨줄 뿐이다.

바쁜 혀를 가진 어리석은 자여, 네가 그렇게 떠들어 대며 분쟁과 적의를 불러일으키니, 어찌 다른 이들의 미움과 시기를 받지 않을 수 있겠는가? 어리석은 말로 갈등을 키우면, 당연히 모두가 너를 싫어할 것이다. 어떤 이는 생각 없이 달려 나와 충고하려 하지만, 아직 아무도 그의 조언을 구하지 않았는데도 경솔히 나서는 바람에, 어리석은 말이 화살처럼 튀어 나가곤 한다.

차라리 말을 아끼는 편이 훨씬 낫다. 잘못된 말을 내뱉어 나중에 후회하고 손해와 불행에 빠지는 것보다, 침묵을 지키며 명예를 보전하는 편이 현명하다. 한 번 뱉은 말은 결코 주워 담을 수 없다. 그러니 말을 함부로 내뱉기 전에 손가락을 입가에 대고 신중하게 생각하라. 현명한 이도 종종 의도치 않게 혀가 헛나가니, 신중한 태도가 더욱 필요하다.

아무도 묻지 않았는데 먼저 자기 생각을 내던지는 어리석은 이는 성급한 언행으로 자신의 어리석음을 만천하에 드러내며, 그의 말은 아무 도움도 주지 못한다. 과도한 수다를 즐기던 많은 이들이 결국 무책임한 말로 인해 혹독한 벌을 받았다는 이야기도 많다.

이 성급한 수다에서 비롯되는 것은 대개 불행과 고통, 불운뿐이다. 재미난 것은 평소 수다를 떨며 혀를 가누지 못하던 사람도, 막상 사제에게 고해성사를 하러 가서 자신의 죄와 비행을 털어놓을 때가 되면, 갑자기 말문이 막혀 벙어리처럼 아무 말도 못 하는 상황에 이르곤 한다는 점이다. 평소 대단히 똑똑하고 신중한 사람들도 지나친 말수로 인해 어리석은 죄를 범하여 명예를 더럽히는 일이 많다. 작은 혀 하나가 온몸의 명예를 망가뜨릴 수 있으니, 실로 애석한 일이다.

까마귀나 까치 같은 새들을 보라. 지나친 재잘거림 때문에 둥지와 새끼들을 노출하여 스스로 위험에 빠지지 않는가? 마찬가지로, 말 많은 바보들도 스스로 자신의 바보스러움을 폭로한다. 반대로 적게 말하거나 침묵을 지키는 자는 대개 안정적이고 확고하며, 시기나 증오, 악의를 불러일으키지 않는다. 반면 말이 많고 혀를 제어 못하는 이는 끊임없이 불편한 상황과 미움, 멸시를 당하게 된다.

부드럽고 절도 있는 말은 듣기에 즐겁고, 알맞은 때와 올바른 상황에서 적절히 한마디를 건네는 것은 큰 미덕이다. 침묵은 가난한 이든 높은 지위에 있는 이든 큰 품격을 보여주는 미덕이고, 언어는 선하고 진실할 때 참으로 칭송할 만하다. 현명한 이는 말하기 전에 신중을 기하여 무엇을 누구에게 왜, 어떻게, 언제, 어디서 말할 것인지를 숙고한다.

스무 번째 바보

남을 꾸짖으면서
스스로는 더 큰 죄를 짓는 자

어떤 이가 한 마을이나 도시로 가는 길을 잘 알면서도, 자기는 그 길을 걷지 않고 매일 진창이나 늪 속을 헤맨다면, 그는 분명 이성도 이해력도 부족한 자일 것이다. 다른 사람들에게 천국으로 가는 길을 가르치면서, 정작 자기 자신은 지옥으로 나아가는 이 역시 똑같이 어리석다.

이제 우리 바보들의 배에 또 한 무리가 몰려드니, 이들은 눈먼 재판관처럼 불공정하고 부정한 자들이다. 이들은 다른 사람의 작은 잘못은 번개같이 지적하고, 그 죄를 꾸짖으며 벌하길 즐기면서도, 정작 자기 마음속에 곪아 터진 죄는 보려 하지 않는다. 오랜 세월 쌓여온 육욕과 타락으로 오염된 자기 내면을 숨기고, 남을 심하게 나무라며 잔혹하게 벌한다.

이들은 다른 이의 사소한 죄를 조롱하고 흉보며 작은 허물도 놓치지 않으려는 반면, 정작 자신의 크나큰 불의와 부정은 전혀 인식하지 못한다. 자기 마음속 깊숙이 박힌 악덕과 고질적인 상처를 치유할 생각은 없으면서 남의 잘못만 골라내려 드니, 참으로 앞뒤가 안 맞는 모습이다.

손을 십자가에 못 박아 길을 가르쳐 주고는 정작 자신의 손은 그대로 이정표에 못 박아두는 이처럼, 이런 바보들은 말로만 다른 사람에게 천국에 이르는 방법을 알려주고 자신은 정작 죄 속에서 허우적댄다. 정작 자신은 그 길을 따르지 않으면서 남에게 바른길을 설파하니, 이는 도리에 맞지 않는다.

자기 자신부터 생각해 보자. 남의 눈에 든 작은 티끌은 잘 보면서 정작 자기 눈에 박힌 커다란 나뭇조각은 못 본다면, 이 얼마나 어리석은 일인가. 작은 허물에만 매달리며 정작 자기가 저지른 큰 죄에는 눈 감고 있으니, 이는 분명 어리석은 것이다.

어떤 이는 자신을 성(聖) 요한만큼이나 순결하다고 하고, 또 누군가는 자신을 순수하고 결백한 사람이라고 한다. 또 누군가는 자신을 솔로몬처럼 의롭고 현명하다 하고, 바울만큼 거룩하거나 욥처럼 인내심이 깊고, 철학자 세네카처럼 침착하며, 아브라함처럼 순종적이고, 마르티누스*처럼 덕망 있다고까지 자부한다. 하지만 실제 생활은 온통 비열하고 사악한 것들로 가득하다. 겉으로는 천사의 얼굴을 하고 신중하고 차분한 금욕가인 척 연기하지만, 속으로는 죄악을 숨기고 사는 위선자에 불과하다.

이런 어리석은 이들에게, 고대의 웅변가 키케로가 남긴 말을 권하고 싶다. 그는 이렇게 말한다. "자신이 완전히 흠 없이 깨끗

---

*   프랑크왕국의 가장 중요한 성인으로, 추운 겨울날 거지에게 자신의 망토를 반으로 잘라 나누어 주었다는 이야기로 유명하다. 로마제국의 군인이었던 그는 기독교 신앙을 받아들이고 나서 주교가 되어 많은 선행을 베풀었으며, 특히 가난한 이들을 돕는 일에 앞장섰다.

하고 죄 없는 삶을 살지 않는 한, 다른 이를 함부로 비난하지 말라." 의사 또한 남의 병은 치료하면서 자기 질병을 고치지 못한다면 다 무슨 소용이 있겠는가? 마찬가지로, 다른 이의 죄를 비난하면서 자기 자신도 같은 죄 속에서 허우적대는 자는, 결국 자기 죄로 인해 신 앞에서 정당한 벌을 받게 될 것이다.

수많은 이가 다른 사람에게는 교묘히 충고하고, 그 죄악의 결과가 얼마나 파멸적인지 자세히 알려주지만, 정작 자기 자신에게 충고하거나 자기 자신을 구원할 길을 찾지 않는다. 그들은 하늘나라를 향하는 올바른 길을 버린 채 본능과 쾌락에 매달려 짐승처럼 살아간다.

그러므로 특히 성직자들이여, 신의 말씀을 근거로 무지한 평민을 가르치는 임무를 맡은 자들이여. 어떤 신분에 있든 그들이 저지른 죄를 가차 없이 지적하고 꾸짖는 것은 여러분의 임무다. 하지만 그때 여러분 스스로가 비난받을 거리 없이 올바르게 살아야 한다. 그렇지 않다면 큰 수치와 불명예를 피하지 못할 것이다.

남의 죄를 꾸짖으면서 자기 마음속 양심이 해당 죄에 물들어 있다면, 이는 참으로 비열한 일이다. 먼저 자기 자신에게 정직하고 깨끗해야 남을 바로잡을 자격이 있다. 그렇지 않다면 신의 공정한 심판 앞에서 마땅한 벌을 받게 될 것이며, 이는 스스로를 심판한 것이나 다름없을 것이다.

스물한 번째 바보

남의 재물을 줍고도 돌려주지 않는 탐욕스러운 자

낮이든 밤이든 다른 사람의 물건을 주워놓고서, 마치 정당하게 얻은 것인 양 제 것으로 삼으며 법과 정의에 맞다고 믿는 자가 있다. 그러나 그는 속고 있으며, 잘못 생각하고 있다. 왜냐하면 우리의 영혼을 해치려는 악마가 그의 귓가에 거짓을 속삭여, 그를 기만하고 올가미에 빠뜨리고 있기 때문이다. 많은 이들이 그렇게 속는다.

재물에 대한 열정과 왜곡된 사랑이 많은 이의 마음을 굴복시킨다. 이로 인해 내가 이 바보들의 배에서 그들을 날카롭게 꾸짖지 않을 수 없다. 필사적으로 펜도 손도 절제하지 못하고 탐욕에 사로잡힌 자들이 많다. 여기서는 이전에 언급한 '탐욕' 그 자체가 아니라, 남의 것을 빼앗은 뒤 돌려주지 않는 이들에 관해 다루어 보고자 한다.

어떤 이는 우연히 남의 보물이나 재화를 발견하고, 이를 자기 유익을 위해 써먹는다. 이들은 마음이 어둡고 광기에 빠져, 치명적 오류와 어리석음에 젖어 있다. 때로는 이들이 다음과 같이 주장하기도 한다. "내가 섬기던 성인이 나를 도와 이 재물을 얻게 했으니, 내 것으로 삼아도 된다." 그들은 그 재물이 원래 누구 것이었는지조차 신경 쓰지 않는다. 그저 우연히 손에 들어온

것을 꽉 붙들고 결코 돌려줄 생각을 하지 않는다.

이런 바보들은 영원한 형벌을 두려워하지 않으며, 진정한 보상을 얻으려면 '정당한 반환'이 필요하다는 것을 깨닫지 못한다. 참회(고해)만으로는 부족하다. 참된 회개와 정의로운 반환 없이, 고해로 마음이 깨끗해질 수는 없다.

내 말을 들어보라, 탐욕에 눈먼 바보여. 마음을 가다듬고 생각하라. 혹 운명으로 남의 재물을 얻었다 해도, 그것을 네 것이라 주장한다면 거짓을 범하고 있는 것이다. 이성을 지녔다면, 한 번 곱씹어 보라. 받지도 않았고, 노동으로 벌지도 않은 남의 소유물을 네 것이라 할 수 있겠는가? 결코 정당하지 않다. 이 어두운 오류에서 벗어나라.

만약 네가 어떤 물건을 주웠는데 그것이 네 것이 아니라면, 그것은 분명 다른 사람의 것이다. 그러니 법과 의무에 따라 즉시 주인에게 돌려주는 것이 마땅하다. 설령 주인이 죽었다 해도, 마찬가지로 네 소유가 될 수 없다. 그 재산은 그의 유산상속인이나 유언집행자에게 돌려주어야 한다.

그 상속인들마저 이미 세상을 떠났다면 어떨까? 그렇더라도 네가 그대로 가질 권리는 없다. 법은 분명히 명령한다. 그 재물을 가난한 이들이나 그를 필요로 하는 자들에게 나누어주어 그들의 고통을 덜어주고, 이를 통해 너의 양심을 정화하고 죄를 피하라. 이렇게 하면 양심의 짐을 덜고 범죄를 피할 수 있다.

하지만 다른 사람의 재산을 제멋대로 사용하고 탕진하는 자들은, 이성을 거스르고 심각한 죄를 짓는다. 결국 이런 행동 때문에 영원한 기쁨과 복을 잃으며, 그 영혼은 지옥 불길에 빠진다. 남의 것을 함부로 써버린 대가로, 깊은 지옥의 물결 속에 잠기고 마는 것이다.

요컨대 도둑과 이런 부정한 점유자는 크게 다르지 않다. 둘 다 자기 것이 아닌 것을 부당하게 차지하고, 신께서 우리의 행위를 지켜보신다는 사실을 무시한다. 그러나 신께서는 네 행동과 생각, 마음속 깊은 곳까지 꿰뚫고 계시므로 양심을 바로잡아라. 네 것이 아닌 것은 가지려 하지 말라. 법은 이를 엄히 금하며, 그에 따라 너는 죽은 뒤에 이에 대한 대가를 치르게 될 것이다. 만약 네가 생전에 정당한 반환을 하지 않는다면, 영원히 지옥 형벌을 면치 못할 것이다.

이 경우 유언집행자들에게도 말하고 싶다. 그들은 속임수와 탐욕으로 죽은 이의 재산을 잘못 관리하거나 빼돌리는 일이 많은데, 여기서 이에 대해 깊게 다루진 않겠다. 왜냐하면 그들은 고치려 하지 않고, 교묘한 속임수를 포기하지 않기 때문이다. 다만 이 글에서 지적한 점들을 참고하여, 그들도 이 배에 탑승한 승객 중 일부라고 생각하라. 유언집행자 중 그런 부정한 자들은 '부분적 바보'로서 이 배에 탑승한다.

스물두 번째 바보

지혜의 가르침을
외면하는 자

신성한 지혜를 사랑하고 이를 얻기 위해 힘쓰는 자는 모든 어리석은 이들 위에 우뚝 설 것이며, 이 세상에서 명예와 부를 누릴 수 있다. 더 나아가 천국의 영광스러운 관을 받거나, 혹은 이 세상에서의 풍요와 내세의 영원한 기쁨을 모두 얻을 수도 있다. 반면 바보는 이 두 가지 모두를 놓치고 말 것이다.

풍부하고 엄숙한 목소리로 지혜는 인류를 향해 외친다.

"오, 인간들이여. 너희는 언제까지 어둠 속에 머물며 어리석게 살 텐가? 언제까지 너희 지혜를 눈멀게 할 셈인가? 내 가르침을 듣고 너희 마음속에 깊이 심어라. 이제 너희 시야를 맑게 할 때가 왔다. 내 말은 선과 정의의 근간이니, 경청하라."

사람들이여, 밤낮을 가리지 말고 노력하여 나, '지혜'를 깨달아라. 나는 순결의 근원이자 신성한 가르침이다. 내 교훈을 따르면 네 마음이 밝아지고, 내 혀(말씀)는 너희에게 올바름과 공정을 보여줄 것이다. 어리석음을 몰아내어 고난을 피하고, 나를 찾아라. 내가 너희 정신을 살려 건강과 풍요를 보장하고, 너희로 하여금 참된 생명을 얻게 하리라.

다시 일어서라, 인류여. 나, 지혜를 찾아라. 나는 선함의 샘이다. 이 세상이 더는 너희 양심을 어둡게 하지 못하게 하라. 거짓된 재물에 넋을 잃지 말고, 세속의 비참함에 마음을 묶지 말라. 나는 금보다, 세상의 모든 보화보다 더 귀하다. 나는 인류를 위한 최고의 조언자요, 주권자보다 더 우월한 가치를 지닌다. 어느 보석도 나와 견줄 수 없고, 어떤 재물도 나의 가치를 능가하지 못한다.

간단히 말해 지혜는 세상 모든 것보다 더 찬미받을 만하며, 어떤 보물도 지혜와 비교할 수 없다. 지혜는 홀로 최고의 미덕이며, 그 가치는 어떤 것과도 견줄 수 없다. 아무리 부유하고 지위 높은 어리석은 이라도, 지혜로운 가난한 이보다 낫지 않다.

지혜는 권위 있는 자를 보호하고, 현명한 조언으로 군왕을 번영하게 하며, 때로는 낮은 신분의 빈자에게도 전 세계가 순종하게 만든다. 지혜는 훌륭한 도시와 나라를 이끌고, 왕과 군주의 자문단을 다스리며, 몸을 강건하게 하고 마음을 밝게 비춘다. 지혜는 어리석음에 속박된 자를 해방시킨다. 지혜는 기꺼이 인류에게 선물을 나누어주며, 제자를 모든 역경에서 인도한다.

지혜는 높은 단상에 서서 크게 외친다.

"나는 진리를 높이고, 타락한 자를 경멸한다. 나, 지혜를 배워라. 탐욕을 몰아내라. 내 지혜와 영리한 방침을 따르면 왕들조차 존귀함을 얻고, 그들의 왕국과 왕권을 내 인도로 지킬 수 있으리라. 나는 각 지역을 통치할 법과 규율을 내어주어, 그들이 풍요와 번영 속에 살아가게 한다. 나를 따르는 국가와 민족들은 법과 정의에 따라 다스려진다.

　내 안에는 정의와 신성한 통찰, 교훈이 깃들어 있다. 나를 따라 스스로를 인도하는 자는 어리석음과 고난을 면하고, 나를 사랑하고 존중하는 자는 내 호의와 은총을 알게 될 것이다. 나를 따르는 이는 모든 고통을 피할 것이고, 내가 그를 도와 세상 누구에게도 뒤지지 않게 할 것이다. 나는 신성한 재물을 품고 있으며, 인간은 나를 통해 손쉽게 그것을 얻는다. 나의 길을 따르려는 이에게, 나는 영원한 천국의 기쁨을 상으로 주겠다.

　신께서, 무한히 선하신 하늘의 아버지께서 나를 신성에 포함시키셨다. 의심할 것 없이 나는 그분에게서 비롯되었고, 그분은 나를 통해 하늘과 땅을 창조하셨다. 육지와 바다의 모든 피조물, 천상 제국과 행성들, 별들의 영역까지 그분은 나의 동의 없이 어떤 것도 만드시지 않았다.

　그러니 인류여. 나, 지혜를 따르고 섬겨라. 내 가르침에 순종한다면 천국의 기쁨이 너희에게 부족하지 않을 것이다. 나의 종이 되길 거부하고 어리석게 구는 눈먼 자들은, 끝내 후회할 것이다. 나를 거부하는 자는 어둠 속에 머물며 참된 길을 끝내 찾지 못할 것이다."

스물세 번째 바보

순간의 행운에 취해 영원한 불행을 부르는 자

변덕스럽고 불확실한 덧없는 운명에 기대어 자신감을 키우고, 때때로 행운(포르투나)*이 따른다고 하여 교만하고 거만해지는 자는 어리석다. 마치 그 행운이 영원히 지속될 것처럼 여기지만, 그런 바보들은 가장 안정되다 여기는 순간에 갑작스러운 대재앙을 맞곤 한다.

이 바보들 중에서도 한 자리는, 스스로를 행운의 총아라 생각하고, 행운이 언제나 자기 편이라 여겨 큰소리치며 자랑하는 자에게 돌아간다. 그는 마치 운명이 절대 변하지 않을 것처럼 믿으며, 그 헛된 희망 속에서 삶을 이어간다. 하지만 결국 그의 집은 머리 위로 무너져 내릴 것이다.

그는 자신의 번영과 행운의 총애를 끝없이 떠벌리며, 자신의 욕망을 채우는 데 부족함이 없다고 생각한다. 그러니 불행이나 궁핍, 빈곤과는 전혀 상관없는 삶을 산다고 여긴다. 아, 법도 없이 마음이 어두워진 이 어리석은 자여! 도대체 변덕스러운 포르

---

*   포르투나는 로마신화에 나오는 여신으로, 행운과 불운, 변덕스러운 운명을 관장한다. 그녀는 회전하는 운명의 바퀴를 들고 있는 모습으로 종종 묘사되며, 미래를 예측하기 힘들다는 의미를 나타내기 위해 눈가리개를 한 모습으로 그려지기도 한다. 풍요의 상징인 과일, 꽃, 곡식 따위를 얹은 산양뿔을 들고 있고, 그리스신화에서는 '티케'에 해당한다.

투나에게서 무슨 확실함을 찾을 수 있단 말인가?

포르투나는 헛된 마술처럼, 불공정하고 불안정한 힘으로 어리석은 자를 희롱한다. 너는 어떻게 감히 이런 불안정한 존재를 전적으로 신뢰할 수 있는가? 그녀는 불안정하고 오래가지 못하며, 선물을 주었다 빼앗고, 눈먼 채로 예측 불가능하게 행동한다. 비록 처음엔 웃는 얼굴을 하고 있다 해도, 그녀의 끝은 예측할 수 없다.

네가 어리석음에 취해 자랑하고 있을 때, 정작 가장 행복한 이는 포르투나의 덫을 피하는 사람이다. 행운이 한 사람을 지상의 부유함으로 끌어올리면, 다른 이를 비참한 굴욕으로 내몬다. 한 사람이 재산을 얻게 만들면 다른 이는 빈손이 되게 하고, 한쪽을 거지로 만들면 다른 한쪽은 번성하게 하며, 높은 신분의 귀족이나 지배층도 단숨에 바닥으로 떨어뜨린다.

그런데도 너는 여전히 재산과 풍요를 자랑하며, 자신의 행운과 번영, 호사를 뽐낸다. 눈먼 자여, 무지에서 벗어나라. 풍요 속에서도 기억하라. 포르투나의 결말은 늘 불확실하다는 것을.

행운은 변덕스러운 표정과 흐린 눈으로 잠시 너를 품어주다가도, 불안정한 수레바퀴를 굴려 너를 불행과 손해, 재앙으로 몰아넣는다. 그녀는 부자나 가난한 자를 가리지 않고 다룬다. 때로는 비열함을 높이 띄워주고, 무고한 자를 저버린다. 그러니 포르투나에게 사로잡힌 자는 이성이 결핍된 바보일 뿐이다. 그는 늘 변하는 것에 지나치게 의존하고, 거기서 영원한 안정감이라도 누릴 듯이 착각한다.

이런 어리석은 자는 흉악한 악마의 아들이나 다름없다. 맹목적으로 재물과 눈먼 포르투나를 추종하며, 자기 구원자이신 신은 제쳐두고 완전히 잊어버린다. 사악한 악마, 불행의 아비가 사람을 속일 때, 그는 세속적 부와 거짓 재물을 던져주어 어리석은 자가 잠시 미소 짓게 한다. 그것이 인류를 그렇게 더럽히니, 사람들은 그녀의 호의를 맹신하다 결국 영혼을 지옥으로 내몬다.

너는 매일매일 풍부한 예를 통해 포르투나의 변화무쌍하고 불확실한 결말을 볼 수 있을 것이다. 그러니 그녀의 덧없는 이익을 자랑하는 것은 어리석을 뿐이며 헛된 짓이다. 이 어리석음을 떨쳐내고, 오히려 적당한 정도의 재물과 안정된 상태에 만족하라. 네 재산이나 지위에 대해 자랑하지 말라.

오늘 네가 부유하여 가난한 이를 업신여기더라도, 내일은 네가 비열한 삶을 살아 문전걸식할지 어찌 아는가? 방황하는 포르투나는 네 손에 힘을 쥐여주지 않으며, 부나 행복을 너에게 보장하지 않는다. 오직 신만이 그분의 위대한 권능과 지혜로 세상을 이끄시고, 모든 것을 그분 뜻에 따라 변화시키신다.

어리석은 자여, 가변적이고 불안정한 포르투나를 칭찬하지 마라. 그녀는 불확실한 보상을 안겨줄 뿐이다. 그녀가 미소 짓더라도 결코 속지 마라. 달콤한 풀밭 사이에도 독사가 숨어 있을 수 있는 법이다.

스물네 번째 바보

과도한 책임감과 호기심으로 모든 것을 짊어지려는 자

여기 더 많은 바보들을 위해 또 한 척의 작은 배를 준비한다. 이들은 모든 사람의 일에 간섭하고 관여하느라 정작 자기 손실과 부담은 챙기지 않는다. 이런 자들은 대개 심한 고통과 불행을 겪은 이후, 마침내 인내와 겸손을 배우게 된다. 세상 전체를 등에 짊어지려는 자가 고통을 피할 수 있으랴?

자신이 감당할 수 있는 것보다 더 많은 짐을 지고, 견딜 수 없는 무거운 짐을 어깨에 올려놓는 이는 분명 어리석은 자다. 스스로 위험과 고통 속으로 걸어 들어가는 꼴이니 말이다. 힘에 부친 짐을 기꺼워하며 바보처럼 목을 들이미는 이라면, 여러 사람이 나누어 질 만한 무게를 혼자 책임지겠다는 어리석은 자다.

만약 누군가가 광대한 하늘의 무게나, 곧 허리가 휘고 신음하게 될 만한 막대한 짐을 혼자 지고자 한다면 어떻겠는가? 그 힘겨운 짐을 못 이겨 결국 바닥에 쓰러질 것이요, 그제야 비로소 자신의 판단 착오와 어리석음을 후회하게 될 것이다.

역사 속에 수많은 예가 있다. 지나친 호기심과 과한 욕심 때문에 비참한 결말을 맞은 사례는 무수히 많다. 예컨대 알렉산더 대왕은 종종 자신의 영예를 높이려 위험한 모험에 뛰어들었다. 유럽과 아시아, 하늘 아래 온 땅을 정복해 놓고도 만족하지 못했으며, 마치 전 지구가 조그마한 자신의 육신을 위해 충분하지 않은 양 더욱 많은 것을 바라고 더 높은 곳을 욕심냈다. 그러나 결국 그에게 허락된 것은 값비싼 무덤도 아닌 작은 관 하나뿐이었다. 죽음은 우리에게 무엇이 진정 중요한가를 일깨우며, 지나친 욕망과 호기심이 끝내 어디로 이끄는지를 보여준다.

죽음 앞에서는 왕이나 높은 지위에 있는 자나 별반 다를 것이 없다. 무한한 재산과 보물, 영토를 가졌던 이도 마지막엔 작은 묘소 하나만 가지게 된다. 비록 그것이 값진 무덤이라 해도 영혼에게 큰 위안은 되지 않으며, 살아남은 이들에게 허세나 자랑거리로 남을 뿐이다.

인간이 마지막 때를 맞이하면, 모든 영예를 가져갈 수 없다. 이런 점에서 위대한 철학자 디오게네스는 큰 모범을 보였다. 그는 광대한 땅과 도시의 주인 격인 부나 영광에 눈을 돌리지 않고, 온전히 덕과 학문, 특히 천문학과 같은 고귀한 지식에 집중했다. 세속적인 고통과 잡다한 부담에서 벗어나면, 마음과 몸에 커다란 평온이 따른다는 진리를 보여준 것이다.

진정 현명한 이는 그처럼 무겁고 부담스러운 짐을 지지 않는다. 반면 거창한 일을 벌이는 사람은 반드시 극심한 고통, 근심, 번뇌를 치러야 한다. 세상의 명예나 지위를 움켜쥐려는 이라면, 그만큼 육체적·정신적 고통은 피할 수 없다.

세상을 손에 넣고 남들보다 뛰어나다고 한들 무엇이 유익한

가? 무의미한 분투 끝에 영혼이 지옥에 떨어진다면, 그 모든 노력이 헛되지 않겠는가? 차라리 마음을 편히 하고, 죽음 이후에 영원한 안식을 얻는 편이 훨씬 낫다.

사소한 모든 일에 신경 쓰고, 자기 책임도 아닌 일에까지 마음을 쏟는 사람은 눈이 멀어 있다. 잠시도 휴식을 취하지 못하고 생각과 근심에 파묻혀 지내며, 결국 자신에게 주어진 일도 제대로 수행하지 못한다. 남의 짐을 대신 질 수도, 남의 일을 개선할 수도 없는데 굳이 끼어드는 것은 어리석다.

그러므로 너의 신분과 능력에 맞춰 평온히 살아라. 너와 상관없는 일에 마음 쓰지 마라. 그런 태도가 너에게 안정을 가져다줄 것이다. 세상의 비참한 무거운 짐을 피하라. 죽음 뒤에는 걱정이나 수고 따위가 아무 쓸모 없으며 필요하지도 않다.

스물다섯 번째 바보

빌리기만 하고
갚지 않는 자

밤낮을 가리지 않고 이웃과 친구들에게 끝없이 빌리고 구걸하며, 마치 탐욕스러운 늑대처럼 만족할 줄 모르는 자가 있다면, 그는 우리 바보들의 배에서 결코 어릿광대 모자를 벗지 못할 것이다. 왜냐하면 끊임없이 빌리는 자는 좀처럼 빚을 갚기 어렵고, 결국 비참하게 짓눌려 당나귀처럼 밟히고 말 것이기 때문이다.

자신을 수많은 채권자에게 빚지는 채무자로 만드는 바보가 있다. 끊임없이 빌리고 또 빌려, 이 사람에게서 빌린 것을 저 사람에게 갚는 식으로 돌려막기를 한다. 그들에게 긴 상환 기간이 주어진다고 해도, 시간은 금세 지나가 버리기 때문에 결국 아무 소용도 없다.

그 사이에 게걸스러운 고리대금은 채무자를 철저히 약탈한다. 둘을 빌리면 셋을 갚겠다고 약속하며 더 오랜 기한을 벌지만, 이런 식의 빚은 수천, 수만 명을 파멸로 몰고 간다. 또 어떤 이는 빌려준 재화의 절반만 돌려받아도 만족할 정도로 상황이 꼬이기도 한다.

물론 진정 필요한 이에게 기꺼이 빌려주고, 갚을 의지가 있는 이에게 너그럽게 돈을 내어주는 행위 자체는 선한 일이 될 수 있다. 하지만 이자를 받아 이익을 챙기려거나 빌려준 것보다 더 많은 것을 돌려받고자 한다면, 그런 이는 지옥 형벌을 두려워해야 한다. 또한 그런 식으로 빌리는 쪽 역시 이득은커녕 생을 마친 뒤 지옥으로 향할 뿐이다.

가련한 자여, 이성을 되찾아라. 신께서 너를 벌하지 않고 오래 참으시는 것은 더 많은 죄를 쌓을 시간을 주시는 것이 아니라, 회개할 기회를 주시는 것이다. 어느 때는 신께서 즉각 지옥의 심판으로 벌하실 수도 있고, 때로는 오래 참고 계실 수도 있다. 하지만 벌이 늦어진다고 하여 결코 안심하지 마라. 벌이 늦어질수록 고통은 더 크다.

소돔과 고모라의 사례를 성서에서 볼 수 있다. 그들의 죄악으로 신께서 의로우신 심판을 내리셨듯, 또 다른 도시 솔림*도 악행으로 혹독한 벌을 받았다. 이런 사례를 통해 우리는 옳고 바르게 살아야 함을 깨달아야 한다. 또한 나일강 유역에 살던 사람들(이집트인들)과 그들의 후손 역시 죄에 빠져 오랜 고통을 겪었다. 비록 그 후손들이 죄를 저지르지 않았더라도, 조상의 죄로 인해 부와 기쁨에서 멀어지는 형벌을 받았던 것이다.

이제 본론으로 돌아가자. 갚지도 못할 돈을 빌리는 자는 탐욕스러운 늑대의 행태를 따라가며, 비록 모든 것을 삼키려 할지라도 정해진 상환일과 시간을 없애버릴 수는 없다. 결국 기한이 와

---

*   Solym. 예루살렘을 이른다.

서 빚을 갚지 못하면, 채권자가 정의로운 법으로 그를 단죄한다.

신께서도 마찬가지다. 이 세상에서 살 기회와 시간을 우리에게 주신 것은 계속 죄짓도록 허용하려는 게 아니라, 죄를 버리고 은총의 길을 따르길 바라셨기 때문이다. 그러나 우리가 한결같이 죄 속에 머물며 선행을 하지 않는다면, 결정적 순간에 우리는 정당한 심판을 받고 지옥 감옥에 갇히게 될 것이다.

스물여섯 번째 바보

헛된 기도와 맹세로 허공만 치는 자

죄악에 눈먼 자가 하늘을 멍하니 바라보며 기도하거나, 진심 없이 말만 내뱉고 그 말의 의미나 의도를 마음에 두지 않는다면, 그리고 합당하지 않은 것을 신께 요구한다면, 그런 바보들은 결코 바라는 것을 얻지 못할 것이다. 마음 없이 혀만 놀리는 기도는 헛될 뿐이다.

여기에서 우리는 헛된 기도와 어리석은 청원으로 자신을 더럽히는 한 부류의 바보들을 질책하고자 한다. 이들은 어떤 가르침이나 선한 권고도 따르지 않고, 종종 혀로만 기도한다. 머릿속이 딴 데 가 있어서, 자신이 무슨 말을 하는지조차 모른다.

인간은 종종 열정적인 마음으로 신에게 어떤 것을 바라지만, 신이 그 소원을 들어주신다면 오히려 그것이 자신에게 파멸을 가져올 수도 있다. 이런 사례는 무수히 많다. 가령 옛날 프리기아의 위대한 왕 미다스를 보라. 그는 어리석은 소원으로 인해 금을 얻었지만, 결국 굶주림에 허덕이며 고통스럽게 생을 마감했다.

미다스는 신께 간절히 기도하여, 자신이 만지는 모든 것이 금으로 변하게 해달라고 간청했다. 신께서는 그의 청을 들어주셨으나, 그 결과는 부유함이 아니라 끔찍한 벌이었다. 빵조차 금덩이가 되어버려, 미다스는 끔찍한 굶주림과 비참함 속에서 죽을 수밖에 없었다. 결국 그의 소망은 스스로를 파멸시킨 허황된 바람이었다.

어떤 사람들은 매일 신에게 부와 재물, 번영을 기도한다. "오, 신이시여. 저를 부자로, 강력한 자로, 훌륭한 지위를 가진 자로 만들어 주십시오." 하지만 이런 탐욕적이고 어리석은 기도는 수많은 이들을 비참한 최후로 몰아넣었다. 리키니우스의 위대한 건축물이나 과도한 생활이 무슨 소용이었는가? 부유한 크라수스나 크레소스의 악덕으로 얻은 돈이 무슨 소용이었는가? 그들은 모두 불행하게 죽었다. 자연사가 아니라 비참한 방식으로 말이다. 그들의 눈먼 욕망이 주된 원인이었다.

또 다른 부류는 젊음과 힘, 장수를 신께 구한다. 그러나 막상 긴 세월이 선물로 주어지면, 그들은 폭식과 방종으로 자신을 망치고, 제 수명을 채우기도 전에 죽어버린다. 도대체 고통스럽고 불안정하며 괴로운 노년을 위해 기도하는 것이 무슨 의미가 있는가? 연로한 이들, 펠레우스나 네스토르, 이타카의 라에르테스 같은 이들은 지루한 고통 속에서 장수를 한탄했다. 오랜 세월은 종종 커다란 괴로움과 불편을 안겨주며, 이는 인내하기 어렵다.

또 어떤 이들은 높은 관직이나 지위를 요구하며, 신에게 이를 간청한다. 하지만 이런 이들이 높은 곳에 오를수록, 한 번 떨어지면 그 충격도 크다. 미처 생각지도 못한 파멸이 기다릴 수 있다.

또 다른 부류는 아름다움을 위해 기도하지만, 그 목적이 사악하고 불순하다면, 하늘나라의 복을 잃고 지옥의 형벌만 받게 된다. 이런 무분별한 바람을 품은 어리석은 이들이여, 주님께서 우리에게 가르치신 〈주님의 기도(주기도문)〉를 진심으로, 깨끗한 마음으로 바쳐라. 그 안에 인간에게 필요한 모든 것이 담겨 있다.

우리의 구세주 그리스도께서 이 땅에서 죄인들과 함께 계실 때, 제자들에게 가르치신 기도, 곧 "하늘에 계신 우리 아버지…"로 시작하는 〈주기도문〉은 우리에게 필요한 모든 것을 포함하고 있으며, 신에게 정직하고 경건하게 바쳐야 한다. 먼저 마음을 죄로부터 멀리하고 진심을 다해 기도한다면, 굳이 더 욕심내어 요구할 필요가 없다.

그럼에도 불구하고 너는 합당한 것을 기도할 수 있다. 예를 들어 영혼의 건강과 몸의 온전함, 믿음의 굳건함, 악평을 피하고 정결하고 덕스럽게 살도록(신의 도움을 받아) 기도하는 것. 이런 기도는 이치에 맞고 바람직하다.

그렇지만 어리석은 자여, 또다시 경고한다. 결코 부당한 기도, 타인에게 해를 주거나 불행을 초래하는 기도, 적에게 악을 바라거나 이웃에게 손해를 구하는 어리석은 기도를 하지 말라. 만약 신께서 네 모든 기도를 들어주신다면, 너와 너의 주변에는 오히려 큰 슬픔과 파멸이 닥칠 수도 있다. 신께서는 네 분노와는 상관없이 정의롭고 선하신 분이다. 너의 분노나 사악한 의도를 신께서는 그대로 수용하지 않으실 것이다.

스물일곱 번째 바보

쓸모없는 학업에 매달리는 자

하나의 헛된 공부를 붙들고 시간을 낭비하고, 아무 유익도 없는 빈 껍데기 같은 학문에 빠져들어 학문을 멸시하고 방탕에 빠진 자가 있다면, 그는 나중에 나이 들어 자신의 어리석음을 후회하게 될 것이다. 지금 어리석게 시간을 낭비하고 있다면, 우리 바보들의 배에 기꺼이 동참하라.

이 배에는 국내외에서 온 많은 학생들이 탑승하려 한다. 그들 중 일부는 대학에서 허송세월하며 자신의 시간을 잃어버린다. 그러나 그들은 자신을 대단한 권위자나 된 듯 여기며, 화려한 학사모를 목에 두르고 뽐낸다. 그들은 칭찬을 받지만, 정작 다른 이들은 진짜 지식을 가진다. 이들은 실제로 머리를 써본 적도 없으면서 모든 학문을 완벽히 습득했다고 착각한다. 이름만 알고 실체는 없는 학식을 자랑하는 것이니, 참으로 어리석다.

이 바보들은 지식을 탐구해야 할 때, 오히려 쾌락과 나태에 빠진다. 그들은 거리에서 거리로, 술집에서 술집으로 헤매며, 특히 젊은이들은 범죄와 잘못된 유혹을 좇는다. 정작 이들에게 진짜 도움이 될 지혜나 덕성을 위한 공부는 뒷전이다. 이들은 이성으로 자신을 다스릴 수 있는 학문과 교훈 대신, 아무 쓸모 없는 것들에 심취해 좋지도 않은 습관과 품행만을 남긴다.

그러나 진정으로 학문과 선조의 신성한 지혜에 도달하려는 이는 부지런히 공부하고 이에 매진해야 한다. 처음에 공부가 고통스럽더라도 쉼 없이 정진하다 보면 큰 재산, 즉 참된 지혜를 얻는다. 게으르게 빈둥거려서는 아무 소득도 없다.

가장 이해하기 어려운 건, 어떤 이들은 기초(문법)도 모르면서 밤낮으로 다양한 학문 분야에 매달린다는 사실이다. 문법은 모든 자유 학문*의 기초인데, 어떤 이는 문법을 겨우 대충 읽었을 뿐인데도, 마치 문법의 모든 비밀을 다 안다고 착각한다. 이런 자들은 심지어 한 오류를 짚는 과정에서 두세 개의 새로운 오류를 만들어 낸다. 프레시안이나 슐피스** 같은 기초문법을 배울 생각도 하지 않으면서 자신이 문법을 안다고 자부하지만, 결국 처음 시작했을 때만큼이나 어리석다.

어떤 이는 논리학의 난해한 문제들을 이론상 풀어내며 'Est, Non Est'(있다, 없다)를 반복하고, 'Homo est Asinus'(사람은 당나귀다) 같은 터무니없는 문장에 매달려 쓸데없는 논쟁만 일으킨다. 논리학이나 소피스트적인 교묘한 변론을 처음부터 끝까지 껴안

---

*　　자유 학문의 범위는 시대와 사회에 따라 다르지만, 통상 그 시대를 살아가는 '교양 있는 지식인'이 기본적으로 갖추어야 할 폭넓은 소양과 이에 관련된 학문을 의미한다. 직업 또는 전문적 능력을 강조하는 교육과는 구분되며, 교양과목 또는 인문학으로 번역되기도 한다.

**　고전 문법학자들의 저작으로, 당시 문법 학습 교재로 널리 사용되었다.

고 중얼거리는 사이, 다른 유익한 학문은 쳐다보지도 않는다.

물론 논리학을 적당히 익히는 건 분명 유용하다. 논증을 통해 애매한 문제를 명확히 하고, 지성을 날카롭게 다듬을 수도 있다. 그러나 지나치게 논쟁만 일삼으며 기본 없이 논리학에 매달리면, 오히려 명확한 것을 더 혼란스럽게 만들 수 있다. 기초를 익히는 것만으로 충분한데, 평생을 반복하며 헛된 다툼에 시간을 낭비할 필요는 없다.

이런 어리석은 공부로 인해 젊은이들은 부패하고, 생의 모든 날을 헛된 말다툼에만 바친다. 참되고 유익한 학문이나 경건한 가르침은 마음에서 쫓겨나고, 영혼과 육신을 이롭게 할 공부 대신 끝도 없는 잡담에 빠진다. 어떤 이는 독일로, 어떤 이는 프랑스로 간다. 파리, 팔레스타인, 롬바르디아, 스페인, 볼로냐, 로마, 오를레앙, 카이로, 톨레도, 아테네, 쾰른 등을 전전하지만, 결국 처음 출발할 때보다 더 무지하고 어리석어져서 돌아온다.

법률가나 신학자라는 이름을 자랑하는 자는 그의 당당한 목 위에 높은 모자를 쓰고, 그렇게도 훌륭한 학자가 되어 추악한 자에게 굽신거려야 한다. 요즘은 지식 대신 대담함과 뻔뻔함으로 자리를 얻는 자들이 많다. 결국 그들의 높은 모자는 어리석은 학생의 상징일 뿐이다. 헛되게 시간을 흘려보내며 부모나 후견인의 재산을 허비하고, 굶주림과 고통을 겪는다. 이런 학습은 무익하고 헛된 투자다.

우리 학생들의 엄청난 어리석음, 교만, 고집스러운 잘못 때문에 나는 몇 마디 더 쓰지 않을 수 없다. 한때 나도 많은 어리석음의 인도자였고, 그것이 이제 내 마음을 괴롭힌다.* 내가 이 배의 선장이 된 이상, 내 지난 과오도 꾸짖을 수 있을 것이다. 물론 이런 말들이 어떤 이에게는 불쾌할 것이고, 자신이 잘못한 줄 아는 이들은 화를 낼지 모른다. 그러나 그들이 화를 낸다면, 내 소매를 잡고 나를 끌어가게 해라. 그들이 바보 모자를 쓴다면, 나는 어릿광대 모자를 쓰겠다.

하지만 먼저, 불안정한 마음을 지닌 학생들이여, 밤낮으로 도시나 들판에서 허튼짓으로 시간을 보내는 낭비꾼들이여. 나는 너희를 이 배의 밧줄 끝에 매달아 교육하고 싶지만, 그대들이 스스로 물에 빠져 죽을까 두렵다. 또 큐피드와 비너스의 하수인들(사랑과 쾌락에 빠진 자들)이 우리 배에 들어온다면, 죄악으로 배가 침몰하지 않을까 두렵다. 나는 고귀한 가문 출신의 방탕한 이들을 받아들일 수 없다. 이 배는 그런 이들과 맞지 않을뿐더러, 그들의 잔혹한 횡포가 폭풍우를 일으켜 우리 배를 뒤엎을지도 모르기 때문이다.

---

* 브란트는 독일 바젤대학에서 철학과 법학을 공부한 뒤 동 대학의 법학 교수가 되었는데, 그때 많은 학생들을 가르쳤던 경험을 이른다.

스물여덟 번째 바보

신의 섭리에 어리석게 맞서는 자

여기에서 또 한 부류의 바보들을 지적하고자 한다. 그들은 신의 작품과 신성한 섭리에 만족하지 못하고, 자기 의지가 더 낫다고 생각한다. 신의 뜻에 자기 마음을 굽히려 하지 않는 이들이다. 하지만 이런 어리석은 자들은, 만약 신께서 그들의 뜻대로 세상을 움직여 주신다면, 오히려 파멸과 고통, 손해를 겪게 될 것이다.

작은 장작불을 지펴 태양 빛을 더 밝히려는 사람이 있다면, 그는 헛된 수고를 하는 어리석은 자다. 이미 완벽한 빛을 내는 태양에 불을 더 붙여 더 밝게 하려는 것처럼, 신의 완벽한 작품을 손보려는 것은 불가능하고 어리석은 일이다.

하지만 더 어리석은 자는 신의 창조물을 수정하거나 교정하려 드는 사람이다. 그는 자기 마음을 신에게 내어놓지 않고, 신의 계획과 질서에 불만을 품는다. 이는 상상을 초월하는 광기로, 지옥의 악령에게 시달리는 자보다 더 미친 자다.

어리석은 자여, 전능하신 신의 힘과 지혜는 한없이 크고 넓다. 그분의 위엄과 권능은 너무나 완전하여, 어느 인간도 그것을 개선하거나 더할 수 없다. 모든 것을 무에서 창조한 신보다 더 뛰어날 수 있단 말인가?

하늘과 창공, 땅과 바다, 온갖 피조물을 만드신 신께서는 지극히 현명하고 신중하며, 아직 존재하지 않는 미래까지 훤히 꿰뚫어 보신다. 그분의 작품과 행동은 완전하고 바르며, 아무도 그 힘을 늘리거나 줄일 수 없다.

신께서는 모든 것을 질서와 규율 아래 두시고, 우리의 마음과 필요를 아신다. 그분 앞에 모든 것은 속속들이 드러나 있으며, 우리의 생각과 감정, 앞날의 모든 가능성까지 그분은 분명히 알고 계신다. 그분은 결국 우리에게 가장 필요한 것에 맞춰 완전한 계획을 실행하신다.

그러므로 번개, 눈, 비, 바람, 날씨 변화, 우박, 폭풍, 눈보라, 안개나 구름, 이 모든 자연현상과 변덕에도 사람은 만족해야 한다. 마음속으로나 말로 신에게 불평하지 말고, 매일매일 창조주의 위대한 업적을 찬양하는 것이 마땅하다.

어리석은 자여, 차라리 벙어리가 되는 편이 낫다. 감히 무의미한 말로 창조주를 탓하고, 신의 섭리에 불만을 표하는 것은 죄악이다. 신께서는 오직 지혜로 일하신다. 너는 불만에 가득 차 복수나 형벌을 자초하는가? 그대는 스스로 현명하다고 여기며 신에게 조언하고, 그분의 작품을 경멸하려 드니, 이는 영원한 형벌을 스스로 불러들이는 짓이다.

신분의 고하를 막론하고, 신에게 불평하는 것은 용납할 수 없는 오만과 무지다. 이스라엘 백성들도 이런 죄로 큰 벌을 받앉고, 수많은 다른 이들도 그러했다. 예를 들어 아이가 죽었을 때 어떤 이들은 신을 탓하지만, 오히려 그 죽음이 앞으로 벌어질 더 큰 치욕과 죄를 막아준 것이라면 어떤가. 그렇다면 그 죽음은 오히려 선한 목적을 담았을 수도 있다.

    결론적으로 우리의 창조주인 신께서는 지혜롭고 신중하시기에, 그분의 일을 인간의 불만으로 교정하려는 것은 어리석은 짓이다. 신께서 우리의 모든 욕망을 매번 들어주신다면, 오히려 우리가 원하는 것들이 우리를 큰 불행으로 몰고 갈 것이고, 이는 결국 우리에게 해악으로 돌아올 것이다.

스물아홉 번째 바보

남을 함부로 판단하는 자

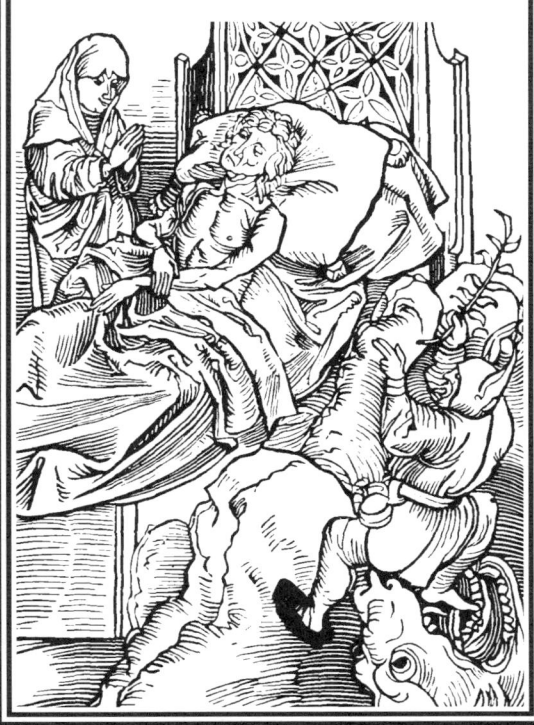

자신은 흠 없고 결점 없는 삶을 산다고 여기며, 덕스럽고 칭찬할 만한 삶을 사는 듯 자부하면서도, 오히려 다른 이들(때로는 죄 없는 사람들)을 비난하고 재단하며, 정작 자기 잘못은 돌아보지 않는 자는 어리석다. 그는 언젠가 스스로 넘어질 것이니, 남을 섣불리 판단하면서도 정작 자기 자신은 더 심한 죄 속에 살고 있는 게 드러날 것이다.

 많은 이들이 어리석음으로 인해 큰 위험과 손실, 심지어 비참한 죽음을 맞는다. 끊임없이 죄악 속에 머물고, 죽음이 늘 가까이 있음을 알면서도 뉘우치지 않는다. 시간은 강물처럼 흘러 되돌릴 수 없고, 죽음은 예상치 못한 순간에 나타나 모든 세속의 괴로움을 끝낸다. 사람들은 그렇게 모두 죽어야 한다는 사실을 알면서도, 죄를 떨쳐내지 않고 태만히 살아간다.

 어떤 이는 자신이 선하고, 정의롭고, 강하고, 고귀하고, 너그럽고, 순결하며, 변함없는 인내심과 순수한 마음을 가졌다고 생각한다. 죽음이나 다른 재앙은 전혀 신경 쓰지 않은 채 헛된 희망 속에서 자신이 최고라고 여긴다. 그러면서 자신을 제외한 세상 모든 사람을 업신여기며 오만해진다.

 이들은 신의 역할을 가로채어, 사람 마음속 은밀한 것을 재단하려 든다. 뚜렷한 증거도 없이, "저 사람의 삶은 형편없어"라고 하며 심판한다. 또 누군가 죽어 세상을 떠나면, 이들은 자신의 삶을 바로잡지도 않은 채 그 죽은 이를 두고 "그가 방탕하고 어리석었기에 일찍 죽은 거야. 아마 우울증을 겪었거나 교만, 탐욕 속에 살았나 보지"라고 하며 제멋대로 평한다.

이 눈먼 바보들은 잘못을 저지르지 않았거나, 혹은 천국에서 영원한 기쁨을 누리는 자를 두고도 경멸적인 판단을 내리는데, 정작 자기 자신은 죄 가운데 머물며 고통받는다. 그들이 스스로 선하다고 생각해도 천국에 들지 못한다. 반면 무고한 선한 사람은 이들의 무책임한 재단에 희생당한다. 또한 어떤 이는 선하고 정직하며, 단순하고 덕 있는 삶을 살아도 이 바보들에게는 악한 사람처럼 비치고, 반대로 악하고 비뚤어진 자는 이 바보들의 눈에 훌륭한 사람으로 비치기도 한다.

결국 다른 이의 마음이나 의도를 가늠하려는 자는 눈먼 바보다. 사람의 마음과 생각을 아는 분은 오직 신뿐이다. 진실로 정의롭고 순수하며 신을 공경하는 이라면, 불의한 행위를 공정히 판단할 수 있으리라. 그런 이라면 남을 심판하는 것이 아니라, 바른 판단과 권고를 할 수 있을 것이다.

서른 번째 바보

여러 성직록을
한 번에 욕심내는
성직자

여기에 또 한 부류의 어리석은 자들이 있다. 이들은 방앗간 주인이 자기 당나귀 등에 너무 많은 자루를 실어, 불쌍한 짐승이 무게를 견디다 못해 쓰러지게 하는 것처럼, 과도한 성직록*을 한꺼번에 차지하려 애쓴다. 교회 안에도 여러 개의 본당과 성직록을 욕심내는 자들이 있는데, 그들은 그 작은 능력으로는 감당할 수 없는 무거운 짐을 짊어지려 한다.

특히 낮은 신분이나 부족한 학식을 지닌 자들 중에 이런 이들이 많다. 그들은 신의 재산과 교회 재화를 욕심내어, 정신없이 자신을 질식시킬 정도로 짐을 싣는다. 결국 하찮은 능력과 빈약한 학식으로는 그 짐을 감당할 수 없고, 이 '당나귀 같은' 어리석은 자는 스스로를 짓누르며 지옥 수렁으로 빠진다.

본래 하나의 성직록, 하나의 본당이면 넉넉히 생계를 유지할

* 성직록(祿)은 중세 유럽의 가톨릭교에서 교회 내의 직분을 수행하는 이들에게 부여했던 권리로, 교회의 재산 혹은 봉납물로부터 이익을 얻을 수 있는 권리를 말한다. 나아가 이익 자체를 의미하기도 한다. 1213년의 제4차 라테란 공의회에서 성직자가 복수의 교회직을 겸임하지 못하도록, 결과적으로 복수의 성직록을 가지지 못하도록 규정하였으나, 교회의 부패가 심화하면서 이는 거의 지켜지지 않았다. 오히려 면죄부처럼 매매나 양도가 만연해지면서 종교개혁의 원인 중 하나가 되기도 했다.

수 있는데도, 이 눈먼 바보는 만족하지 않고 더 많은 이익을 얻기 위해 교활한 방법을 동원한다. 그는 끝없이 목을 벌려 욕심내며, 결코 만족을 모른다. 결국 돈과 재물을 사랑하는 마음이 그를 이런 고된 길로 몰아넣는다.

그러나 이렇게 많은 본당과 직무를 억지로 차지한 자는 신에게도, 세상에도 기쁨을 주지 못한다. 오히려 골치 아픈 일거리만 잔뜩 떠안고 자기 마음을 괴롭히며, 관리해야 할 본당의 수를 절반도 제대로 헤아리지 못한다. 교회 안에 있는 이런 몹시 고단한 주교·사제들은 휴식도, 기쁨도, 위안도 없이 허둥댄다. 어떤 이는 자루 없는 심연 같은 배낭을 메고 다니는 것처럼 생각할 수도 있다. 이미 잔뜩 짊어졌으면서도 아직도 부족하다고 느낀다. 심지어 이들은 종종 분별없는 낭비와 호사로 얻은 재화를 허비한다. 더 나아가 정말 황당한 것은, 충분한 학식도 덕성도 없는 이들이 이런 높은 지위를 탐낸다는 것이다. 제대로 된 교육이나 신앙심 없이, 주사위나 놀음에만 익숙한 이들이 궁정에서 사제직을 얻으려 든다. 그들은 신이나 교회를 사랑해서가 아니라, 단지 성직록을 통해 부와 권력을 얻을 수 있기에 성직자가 된다.

부엌의 하인이 신부(사제)가 되어, 교묘한 수단과 아첨으로 높은 지위를 얻으려 한다. 덕이나 지혜 없이, 오직 아부와 교활한 술수로 승진하려 한다. 그러니 교회 첨탑과 성전도 비틀린다.

이들은 신을 사랑해서가 아니라, 오직 탐욕으로 성직에 오른다.

그 결과 신의 재화와 그리스도의 유산은 이런 어리석은 자들에 의해 헛되이 낭비되고, 세속적 사치와 방탕에 사용된다. 본래 이런 재원으로 고통받는 가난한 이들을 돕고, 환대와 나눔을 실천해야 할 텐데, 오직 오만과 향락, 음란함에 치우쳐 선행을 외면한다. 영적 지도자들 중 다수가 탐욕이나 낭비벽에 물들어 있으니, 진실한 학자나 선량한 성직자가 오히려 미움을 사게 된다.

주님, 주교, 귀족 여러분. 여러분은 무엇 때문에 이런 어리석은 자들을 기꺼이 승진시키는 겁니까? 그들은 학식도 없고 지혜도 없는데, 왜 항상 이 어리석은 당나귀 같은 자들에게 어마어마한 짐을 지우는 겁니까? 정작 능력 있는 이들에게는 기회를 주지 않고, 걸맞지 않은 자들에게 번잡한 교회 직무를 맡기면 어찌 될까요? 결국 유능한 이는 등 짐 없이 홀로 방황하며, 능히 감당할 자리가 비어 있어도 이들에게 주어지지 않는다.

심지어 이 어리석은 자들은 원하는 것을 얻고 나서도 만족하지 않는다. 어떤 이는 교환이나 임대를 통해 더 유리한 직무를 얻으려 하고, 또 다른 이는 희망을 걸어 사임하고 다른 것을 엿보며, 어떤 이는 굶주리면서까지 돈을 모아 더 좋은 자리를 사기도 한다. 어떤 이는 무상으로 궁정에서 시중들면서 나중에 주군에게 관직 하나 정도 얻어볼 요량으로 음탕한 생활을 하고, 상상에 빠져들기도 한다. 끝없이 교활한 계략을 써서 결국 이익을 손에 넣으려 애쓴다.

주군이 그를 총애하면 더 큰 지위를 바라며, 교황에게 거짓 청원을 하여 복수(複數) 성직록 허가를 받으려 한다. 두 개나 세 개로도 만족하지 못하고 계속 바꾸고 교환하며, 한 명의 진실한 학자를 찾기 힘들 정도로 사리사욕에 눈먼 이들만 넘친다. 이들은 단지 돈으로 교회 재화를 착복하고, 정작 영혼을 돌보는 일은 뒤로 미룬다. 한 사람이 얻는 이익 뒤에는 누군가의 고통이 따르며, 교인의 영혼 구원도 뒷전으로 밀린다. 누구도 동시에 여러 본당을 다 돌볼 수는 없으니 말이다.

결국 이런 어리석은 탐욕가들은 우리 주 예수 그리스도를 배신한다. 맡은 영혼들의 구원을 뒷전으로 밀고, 적당히 대리인을 앉혀놓고 책임을 방기한다. 하지만 그들은 깨닫지 못한다. 심판의 날, 모든 피조물의 영혼을 돌보거나 이에 책임이 있는 자는 엄중한 심판에 직면하리란 것을.

이들의 지나친 탐욕과 권위에 대한 욕심, 그에 따른 부정은 너무도 많아 여기서 전부 다룰 수 없는 지경이다. 진실을 말하면 비난받기 쉽고, 진실을 말하는 것이 늘 최선은 아니라는 것을 자주 보게 된다. 하지만 한 가지 분명한 것은, 이 세상에서 끊임없이 복수의 이익을 얻으려 애쓰며 욕망에 사로잡힌 자는, 죽은 뒤 마지막 자리가 지옥일 것이라는 점이다.

서른한 번째 바보

할 일을 내일로 미루며 변화하지 않는 자

까마귀처럼 "내일, 내일"(cras, cras)을 외치며 자신을 고칠 기회를 미루는 자는, 우리 어리석은 이들의 배에 탑승해 함께 노 저어 가야 할 인물이다. 왜냐하면 그런 자의 오만, 둔한 마음, 눈먼 의도로 인해 신께서 그에게 내일이라는 시간을 허락하실지 알 수 없기 때문이다. 그렇기에 우리는 살아 있는 동안, 즉 지금 당장 우리 자신을 고쳐야 한다.

만약 전능하신 신께서 위로부터 은총을 내려 어떤 죄인에게 자신의 죄를 고치고, 마음을 맑게 할 '선한 의지'를 불어넣으셨는데, 그 죄인이 이를 거부하고 "내일 고치겠다" 하며 시간을 끈다면, 그는 어리석은 자다. 이 점에 대해서는 누구도 이의를 제기하지 않을 것이다.

그런데 많은 이들이 이 불행한 태도를 따른다. 자기 죄를 알고, 삶이 온갖 오물과 죄악으로 더럽혀져 있음을 알면서도, 그 결말이 어떤 벌로 이어지는지 알면서도, 죽음이 언제 닥칠지 모른다는 사실까지 알면서도, 여전히 지금 주어진 은총을 외면하고 죄 속에 머문다.

그들은 까마귀 소리를 따라 "내일, 내일, 내일"을 외치며 개선을 미룬다. "오늘 못 고치면 내일 고치지, 아니면 그다음 날에는 꼭 더는 죄짓지 않으리라." 이렇게 미루는 동안, 그들은 신이 주신 은혜로운 기회를 흘려보낸다. 어리석은 자여, 신께서 지금 너에게 회개할 은총을 주셨는데 왜 내일을 기약하는가? 내일 살 수 있을지 확신도 없지 않은가?

앞서 말했듯이 죽음은 불확실하고 언제 올지 모른다. 따라서 언제나 준비되어 있어야 한다. 오늘 저녁까지 건강해도, 내일 아침까지 살지 누가 보장하는가? 만약 그사이에 죽는다면, "내일, 내일"을 외치며 미룬 회개는 헛일이 되고 만다.

신이 계신 지금, 네가 스스로를 고칠 수 있을 때 고쳐라. 하루하루 미루면 점점 더 마음은 굳어지고, 죄는 습관으로 습관은 본성처럼 변한다. 오래된 상처일수록 치료가 어렵듯, 죄도 오래 방치하면 고치기 훨씬 힘들다. 그러니 방탕한 육체나 악마의 유혹에 빠져 죄를 지었다면, 관습이 되기 전에 고해와 회개를 통해 곧장 다시 일어서라.

죄는 늘 범하는 이에게 벌과 양심의 가책, 심각한 고민과 슬픔을 약속한다. 그런데도 우리는 죄에 너무나 쉽게 끌린다. 신의 은총을 스스로 밀어내며 건강한 길을 포기하니, 이는 우리의 어리석음과 눈먼 광기 때문이다. 이것이 우리를 비참한 결말로 이끈다.

설사 한때 마음을 굳게 먹고 죄를 고백하려 했더라도, 금세 마음을 바꿔 "내일"을 외치며 다시 죄를 뒤로 미룬다. 그리고 또 다시 죄 속으로 돌아간다. 시간을 이렇게 질질 끄는 사이, 만약 무자비한 죽음이 네 문을 두드리고, 흉악한 철퇴를 휘둘러 네 영혼을 으스러뜨린다면, 네 죄 많고 혐오스러운 삶 때문에 너는 정의로운 심판을 받고 영원히 지옥에 떨어질 것이다. 그때 가서 "다시 고치겠습니다!"라고 외쳐도, 이미 때는 늦었고 은총의 기회는 사라졌다. "내일, 내일"을 외치던 때는 지나갔고, 이제 오직 고통과 후회가 남을 뿐이다.

서른두 번째 바보

근거 없이
아내를 의심하고
감시하는 남편

자기 아내를 감시하고, 아무 근거도 없이 그녀의 생활을 의심하며 질투로 불안해하는 남자가 있다면, 그는 하찮은 짓을 하는 어리석은 자다. 아내가 전혀 잘못이 없는데도 그녀를 못 나가게 하려고 문을 잠그고, 감시하고, 미행한들 무슨 소용이 있는가? 이를테면 그는 마치 타는 태양 빛을 더 밝히려 장작불을 지피거나, 바닷물에 물을 더 부어 바다를 키우려는 어리석은 짓을 하는 셈이다. 아내가 스스로 정숙하지 않으면, 남편이 아무리 지켜본들 소용없다.

오레스테스*조차 이렇게 어리석지는 않았다. 정작 아내가 결백한데도, 그녀가 바깥에 나가면 혹 다른 남자가 접근할까 두려워하는 '질투쟁이' 남편은 심각하게 어리석다. 그는 그녀를 빼앗길까 봐 늘 전전긍긍한다. 그러나 아내가 부정하다면 어떤 감시도 효과가 없고, 아내가 정숙하다면 어떤 감시도 필요 없다.

어리석은 자여, 네가 아내를 계속 지켜본들 아무 이득이 없다. 헛된 수고에 불과하다. 네가 끊임없이 걱정하고 불안해해도, 정작 아내가 마음먹으면 너의 감시 따윈 무력하다. 이를테면 튼

---

* 그리스신화에서 가장 비극적이고 복잡한 인물 중 한 명으로, 그는 아버지 아가멤논의 복수를 위해 어머니 클뤼타임네스트라를 살해한다.

튼한 자물쇠로 문을 잠그고, 감시자와 개를 두고, 몸을 갑옷으로 둘러막아도, 만약 아내가 부정한 행위를 저지르고자 한다면 어떤 방책도 소용없다. 반면 아내가 본래부터 정숙하고 신중하다면, 남편이 보지 않아도 절제로 자신을 지키니, 애초에 감시는 필요 없다.

따라서 남편이 심한 질투심을 품고 아내를 억압하면, 오히려 부부 사이에 다툼과 불화만 커진다. 남편이 의심을 키울수록 아내는 억눌리고 답답해하며, 언젠가 남편이 두려워하던 일을 하게 될지도 모른다. 차라리 질투심을 거두고, 자신이 정직하고 바른 삶을 사는 편이 훨씬 낫다.

고대 신화에 따르면, 청동 탑이라 불리는 폐쇄된 장소에 '다나에'라는 처녀*가 있었다고 한다. 탑 안에 가둬둔다고 여성이 유혹을 피할 수 있으랴? 제우스는 금비(金雨)의 모습으로 그 탑 안에 스며들어 그 처녀를 더럽혔고, 그녀는 이 신에 의해 임신하게 되었다. 이 예는 여성을 가둬두는 것이 어리석은 짓임을 보여준다. 또 다른 예로 페넬로페**가 있다. 그녀의 남편은 오랜 세월 떠나 있었고, 수많은 구혼자가 그녀를 유혹했음에도 불구

---

*　　아르고스의 왕 아크리시오스와 에우리디케의 딸로서, 이후 영웅 페르세우스를 낳는다.

**　　그리스신화에 나오는 영웅 오디세우스의 아내로, 지조, 정숙, 인내를 상징하는 인물이다.

하고 그녀는 끝까지 남편에게 충실했다. 이는 여성을 가둬둘 필요가 없음을 잘 보여준다. 바보 같은 질투심으로 구속하는 대신, 진심으로 믿고 바른 삶을 사는 것이 최선이다.

종종 남편의 어리석은 질투는 애초에 그럴 생각이 없던 여성에게조차 나쁜 길을 열어주는 계기가 된다. 본래 정숙한 아내도, 남편이 지나치게 의심하고 경직되게 굴면, 결국 반발심이나 분노로 인해 불륜의 길로 빠질 수 있다. 이런 남편들은 스스로 바보 모자를 쓸 운명이다. 왜냐하면 아내가 본래 정숙하더라도 남편의 질투가 그 마음을 돌려, 결국 아내는 남편 머리에 '뿔(우둔함)'을 씌우는 꼴이 될 수 있기 때문이다.

물론 나쁜 길로 쉽게 빠질 아내도 있을 것이다. 붙잡히면 곤란하니, 남편의 어리석은 질투와 자기 쾌락을 합쳐 결국 아내는 부정한 행위를 저지를 수도 있다. 상황에 따라 두말없이 그렇게 되기도 한다.

결국 지나친 질투와 감시는 어리석을 뿐이며, 오히려 역효과를 낳는다. 남편이 아내를 계속 의심한다면, 그 의심이 아내를 변질시킬 수도 있다. 현명한 길은 질투심 대신 성실한 사랑과 신뢰, 바른 삶을 통해 안정된 부부 관계를 유지하는 것이다.

서른세 번째 바보

배우자의 불륜을 알고도 묵인하거나 이용하는 자

여기 배우자의 불륜을 눈앞에서 보면서도, 잠든 척하거나 손으로 눈을 가려 모르는 체하는 자의 비참한 어리석음이 드러나 있도다. 자신의 동반자가 배신하며 혼인 서약을 더럽히는데도, 일부러 눈을 감고 귀를 막으며, 오히려 은전 몇 닢을 받으려는 듯 그 불륜을 묵인하는 자야말로, 영혼과 명예를 스스로 더럽히는 비극적인 바보가 아니겠는가?

보라, 오늘날 혼인 생활은 혼란과 치욕, 파탄에 이르렀다. 결혼이라는 신성한 서약이 있음에도 두려움이나 법적 제재는 무기력하고 믿음마저 사라져 버려, 수많은 이들이 맹세한 약속을 저버리고 결혼의 침소를 더럽히고 있다. 옛날 율리우스는 간통에 대한 엄정한 법을 세웠다 하나, 이제는 마치 잠든 듯 효력을 잃어버렸다. 이젠 성별을 불문하고 모두가 이 벌을 두려워하지 않고, 그 맹세를 깨뜨리며 불륜을 자행한다.

더욱 혐오스러운 점은, 어떤 이들은 남의 동반자를 침범하고도 그 죄악을 자랑스레 내세운다는 것이다. 그들은 신이나 세상의 비난을 두려워하지 않으며, 교만하게도 이를 내세운다. 구약 율법이 간통범을 엄벌했다는 진실도 무시하고, 오히려 대담하게 제 과오를 자랑한다.

더 끔찍한 경우는, 어떤 배우자는 자신의 동반자가 불륜에 빠진 걸 알고도 모른 척하며, 심지어 불륜 상대가 들고빼는 것을 묵인하거나 감시하는 대신, 돈을 받고 그 비행을 방조한다는 것이다. 자신의 동반자를 매춘부인 양 다루고, 이익을 위해 음행을 방치하는 자라니, 얼마나 저열하고 추악한 광경인가! 오, 저주받을 돈이여! 네가 어찌 이토록 끔찍한 일들을 가능하게 하고 광란을 부추기는가?

이렇게 부도덕한 배우자는 부끄러워해야 한다. 동전 몇 개에 눈이 멀어, 결혼의 거룩함과 동반자의 명예를 짓밟고, 그러한 장면을 보고도 비웃는다니! 이는 마치 자기 둥지에 배설하는 추한 새와 다를 바 없다. 법과 양심 앞에서 비난받아 마땅한데도 이를 비웃으며 묵인하는 자는 스스로 지옥행 티켓을 끊은 셈이다.

역사는 간통의 비참한 결말을 보여주는 사례로 가득하다. 아트레우스는 자기 아내와 불륜에 빠진 동생을 왕국에서 쫓아냈지만, 자신을 비롯해 자녀들까지 끔찍한 운명을 맞았다.* 타르퀴니우스는 루크레티아를 겁탈한 뒤 비참한 결말에 이르렀

---

* 아트레우스는 동생 티에스테스와 미케네의 왕권을 놓고 다툰다. 그는 이 과정에서 동생과 불륜에 빠진 자기 아내 아에로페의 배신을 경험한다. 아트레우스는 복수심에 불타 티에스테스의 아들들을 죽인 후 그에게 먹였고, 아내 또한 살려두지 않았다. 그 뒤 티에스테스는 근친상간으로 낳은 아들 아이기스토스를 아트레우스가 양자로 들이게 해 아들 손에 죽게 만들었고, 아트레우스의 자녀들은 스파르타로 추방된다.

으며,* 비르지니우스는 클로디우스가 딸을 범하려 하자 딸을 직접 죽여 순결을 지키려 했다. "수치스러운 삶보다 정결한 죽음이 낫다"라는 그의 말이 귀에 맴돈다.

불륜은 분노와 시기, 빈곤과 혼란을 불러오고, 죽음 뒤 영원한 형벌을 낳을 수 있다. 이 세상에서도 간통하는 이들은 결코 참된 부나 기쁨을 누리지 못하며, 죽음 뒤엔 지옥의 벌을 피하지 못한다. 현세에서도 다툼, 불운, 신 앞에서의 혐오를 면치 못하고, 삶은 수치로 얼룩지며, 죽음은 비참하게 다가올 것이다.

그런데도 어떤 이는 "내 동반자가 정숙하지 않으니 내가 직접 감시하리라" 하고 생각하기도 한다. 그러나 이러한 감시와 의심은 오히려 동반자를 더욱 타락시키는 어리석은 행위다. 의심과 질투로 몰아붙일수록 상황은 악화되며, 원래 어땠든 동반자를 더 깊은 나락으로 몰 수밖에 없다.

결국 동반자의 불륜을 알면서도 금전적 이익 때문에 눈감아주는 모습은 가장 비참하다. 이러한 자들은 스스로 바보 모자를 써야 할 운명이요, 우리의 배에 한 자리를 차지하게 될 운명이

---

* 루크레티아는 로마 귀족의 아내로, 아름다운 외모와 높은 도덕성을 갖춘 여인이었다. 로마의 마지막 왕이었던 타르퀴니우스 수페르부스의 아들 섹스투스 타르퀴니우스는 루크레티아의 아름다움에 반해 그녀를 겁탈한다. 루크레티아는 수치심과 분노에 휩싸여 자결했고, 남편과 친구들에게 자신에게 일어난 일을 알린다. 그녀의 죽음은 로마인들의 분노를 촉발했고, 타르퀴니우스 왕조에 대한 반란이 일어나는 계기가 된다.

다. 왜냐하면 동반자가 애초 어떤 사람이든, 돈에 눈이 멀어 관대히 굴면 음행을 조장하는 꼴이며, 양측 모두 지옥을 향해 노를 젓게 될 뿐이기 때문이다.

서른네 번째 바보

헛된 경험만 쌓고
아무것도 얻지 못하는
방랑자

아무것도 모르면서도 배우려 하지 않고, 지혜나 덕을 몸에 익히려 하지 않는 사람은 참으로 어리석다. 모든 선한 가르침과 학문의 길이 열려 있어도, 그 길로 가지 않고 헛된 곳에 시간을 허비하는 이들은 바보 중에서도 가장 바보다. 마치 시장에 거위를 묶어 데려와서 한눈팔다가 다 날려버리는 사람처럼 말이다.

이런 사람들 중 몇몇은 온 세상을 돌아다니며 희귀한 것, 놀라운 광경을 찾아다닌다. 법률을 보러, 신학을 배우러, 프랑스나 독일, 혹은 더 먼 곳까지 가서 별난 것들을 보지만, 그 여행 끝에도 여전히 무지하며 처음보다 더 어리석어져 있다. 돌아와도 예전보다 나아진 점이 없다.

이들은 많은 것을 보았지만 정작 지혜나 덕성은 전혀 익히지 못하고, 단지 새로운 것들, 종종 하찮고 어리석은 것들에만 열광한다. 부지런히 돌아다니며 신기한 것을 본다고 해도, 결국 이들이 기뻐하는 건 허무한 장난감 같은 것들이다. 덕분에 이런 자들의 특징은 쉽게 알아볼 수 있다. 마음이 불안정하고 시시한 것에만 열광하며 "날아다니는" 성격의 바보들이기 때문이다.

어떤 이는 잉글랜드나 궁정으로 가고, 다른 이는 웨일스, 홀랜드, 프랑스, 아일랜드, 리비아, 아프리카 등 온갖 땅을 돌아다니며 온갖 기묘한 것을 찾아다닌다. 그러나 그들은 이방인들의 기술과 신비를 보면서도 정작 머릿속에는 아무것도 남기지 않는다. 재산을 낭비하며 떠돌고, 마침내 귀향할 때쯤이면, 빈손은 물론 아무런 지식이나 유익한 습득물 없이 더 어리석은 상태로 돌아온다.

바다를 건너며 별자리가 바뀌는 낯선 하늘 아래를 지나가도, 이들의 정신과 품행은 조금도 바뀌지 않는다. 만약 떠나기 전부터 어리석었다면, 돌아와서도 그 어리석은 마음은 여전히 그대로다. 이들에게 묻겠다. 태어날 때부터 무지했던 사람이 무슨 필요로 인해 멀리까지 가서 더 큰 어리석음을 배우려 하는가? 사실 어리석음은 집에서도, 아무 노력 없이도 습득 가능하다.

도둑질이나 속임수 같은 악행을 배우려면 멀리 갈 필요도 없다. 집 근처나 고향에서도 언제든 배울 수 있다. 대식(폭식)이나 음탕한 행태 역시 마찬가지다. 런던 등지의 주점이나 의심스러운 골목에서 얼마든지 악습을 흡수할 수 있는데, 왜 멀리 해외로까지 나가서 악행을 배우려 하는가? 이미 주변에 악의 학교가 널려 있으니, 불필요한 수고다.

차라리 선한 예를 들어보자. 플라톤은 달랐다. 그는 이집트 등 먼 곳을 여행하며 학문을 쌓았고, 마침내 본국으로 돌아와 명성과 존경을 얻었다. 그는 꾸준히 학식을 늘리며 진정 의미 있는 성과를 얻었지, 헛된 구경만 하고 돌아온 게 아니었다.

반면 우리 바보들은 아무것도 배우지 않고, 단지 새로운 것, 별다른 것만 좇는다. 집 앞에 지혜의 샘이 흘러도 마시지 않고, 지혜를 얻을 기회가 문 앞에 있어도 건너뛴다. 새로움을 좇아다녀도 아무것도 얻지 못하는 자가 집에 머물면서도 배우려 하지 않는다면, 어딜 가든 여전히 바보일 뿐이다.

결국 기러기를 장에 묶어놓고 한눈파는 사이 기러기를 다 놓쳐버리듯, 이들은 시시한 외국 여행과 신기한 구경으로 시간을 허비하고도, 돌아오면 한 마리 거위만큼도 현명하지 못한 채 더 어리석어지고 만다.

이처럼 이미 문 앞에 흘러든 지혜의 강물을 외면하는 자들은 더욱 한심한 바보일 뿐이다.

서른다섯 번째 바보

사소한 일에 크게 노하는 자

작은 일에도 불같이 화내는 자는 참으로 어리석으며, 마침내 그렇게 살다 죽을 것이다. 예를 들어 나귀 걸음이 느리다 하여 화가 치밀어 그것을 죽이려 드는 사람은, 뒤늦게 자기 어리석음을 후회하기 마련이다. 맑은 정신 앞에 맹렬한 분노란 적이다.

여기 분노하는 자들이여, 이리로 와서 우리 바보들의 배에 탈 자리가 있는지 찾아보라. 광포한 성질을 식히려면 느린 나귀 등에 올라타라. 이처럼 작은 불편에도 과도한 분노를 터뜨리는 미친 짓을 멈추라. 종종 무력함이 잔혹함을 막아주듯, 신께서는 사나운 소에게 짧은 뿔을 주시어, 우리 무절제한 분노를 제약하신다. 힘이 닿지 않는 곳에서 분노하는 것은 더할 나위 없이 어리석다.

이 사람아, 이 무익한 분노가 무슨 이득을 주는가? 너의 행동을 지켜보는 사람들에게 칭찬받을 수 있는가? 오히려 네 스스로를 불태우며 개가 짖듯 헛되이 몰아붙일 뿐이다. 유순한 말 한마디 없이 모든 일에 불만을 표하고, 아무도 너를 만족시킬 수 없다면, 너는 결코 평온한 삶을 누릴 수 없다.

극도로 화를 내는 사람은 혀에서 거친 'R' 소리("르르")만 내며, 온통 불만으로 가득 차 있다. 아무리 주변에서 잘해주어도 그는 그저 으르렁거리는 개처럼 "으르렁" 소리만 내뱉을 뿐이다. 이렇게 한 번도 자신의 분노를 억누르거나 누그러뜨리려 하지 않고, 오히려 두려움으로 사람들에게 군림하려는 자, 그는 자기 어리석음을 깨닫지 못한다.

자신은 볼 수 없지만, 다른 사람들은 그의 행동을 주시한다. 그는 어디를 가든, "저기 저 광포한 바보를 조심하라"라는 평판에 시달린다. 다른 이들은 그를 피하려 하고, 그와 함께하면 해를 입거나 수치만 느낀다. 그는 정작 자신이 얼마나 미친 짓을 하는지 깨닫지 못한다.

이런 사람은 자신의 귀를 막고 눈을 가리며, 자신이 인내심이 있다고 여길 수도 있다. 하지만 사실 그는 전혀 인내하지 못하고, 자신과 같은 분노한 사람들을 변호하지도 못한다. 왜냐하면 그 자체가 분노의 폐해에 물들어 있기 때문이다.

분노에서 비롯되는 해악을 생각해 보라. 분노는 수많은 범죄의 씨앗, 이성과 지혜를 흐리는 독이다. 분노한 자는 간혹 권력자나 평민 할 것 없이, 뒤늦게 뼈저린 후회를 남긴다. 그러니 마음을 돌이켜 보라. 소크라테스, 세네카, 플라톤, 그리고 많은 성인들, 심지어 그리스도께서도 큰 고난을 겪으셨으나 분노 없이 참으셨다. 라우렌티우스* 같은 성인도 극심한 고통 속에서도 인

---

* 로마 가톨릭교회에서 가장 존경받는 성인 중 한 명으로, 3세기 로마에서 순교한 부제다. 그는 특히 가난한 이들을 위한 헌신과 고통스러운 순교로 유명하다.

내했다. 이를 본받는 대신, 사소한 일로 분노하는 바보라면 부끄럽지 않은가?

    이들은 죽음 앞에서 영원한 형벌을 두려워해야 한다. 작은 일에도 매우 화내는 자는 때때로 사소한 손해를 넘어 모든 것을 잃는다. 현인과 성인들이 분노를 억눌렀듯, 지혜와 이성은 분노 속에서 사라진다. 그러니 인내심이 이 광기를 제어할 굴레가 되어야 한다.

    진정 현명하고 차분한 사람이라면, 쉽게 화내지 않는다. 완고하고 쉽게 분노하는 성격은 오직 어리석은 이들의 특징이다. 지혜로운 이는 어떠한 불행에도 평온을 유지하지만, 어리석은 이는 한마디 말에도 얼굴을 붉히고 분노한다.

    그러니 여러분, 이 어리석음을 버리지 않을 텐가. 느리고 더디게 가는 나귀에 올라, 성난 마음을 가라앉혀라. 광포한 분노는 끝을 보지 못한다. 만약 누구를 죽일 만큼 화냈다면, 나중에 화가 식었을 때 마땅히 교수형에 처해야 할 것이다. 왜냐하면 냉정했을 때는 결코 저지르지 않았을 짓을 분노 속에서 저질렀기 때문이다.

서른여섯 번째 바보

행운의 변덕을 모르고 맹신하는 자

행운의 수레바퀴를 타고 높이 오르며 왕의 자리까지 오르겠다고 꿈꾸는 자가 있다면, 그 수레바퀴가 돌아 하강할 때 심각한 추락을 겪을 수도 있음을 명심해야 한다. 높이 오를수록 추락으로 인한 아픔은 더 크다. 반면 행운에 크게 기대지 않는 자는 마음 놓고 안정되게 살 수 있다. 왜냐하면 불안정한 행운은 어느 자리에나 오래 머물지 않기 때문이다.

우리는 매일 예시와 증거를 통해 많은 이들이 이 덧없는 세계에 희망을 걸고, 불안정한 행운의 수레바퀴를 믿다가 어리석어지는 것을 본다. 어떤 이들은 수레바퀴를 타고 오르며 쾌락을 꿈꾸지만, 올라가는 동안 발을 헛디뎌 결국 진흙탕에 처박힌다.

평민에게 귀족을, 행정관에게 기사를, 기사에게 더 높은 지위를 안겨주어도, 그들은 여전히 더 높은 승진을 원한다. 어떤 이는 음모와 배신을 통해 지위 상승을 꾀하지만, 종종 발을 헛디뎌 진흙탕에 빠진다. 높은 것을 바라다가 자신이 얼마나 발밑을 못 본 채 위험한 곳에 서 있는지 깨닫지 못한다.

어리석은 자는 치솟은 영예에 집착하지만, 행운의 수레바퀴는 공처럼 돌고 돌아 그를 끝내 추락시킨다. 어떤 이는 제국, 왕국 등 최고의 지위를 꿈꾸나, 바퀴가 돌아가며 결국 진흙탕에 떨어진다.

오, 눈먼 인간이여. 왜 이 짧은 삶에서 세속적 권세와 재물에 매달리는가? 죽음 앞에서 어느 누구도, 어떤 권력도, 어떤 재물도 영구히 지속되지 않는다. 아무리 높은 지위를 얻어도 생명의 확실성을 장담할 수 없다.

폭풍에도 안전한 것은 낮은 나무요, 지진에도 안전한 것은 낮은 건물이다. 높은 탑일수록 쓰러질 위험이 크다. 마찬가지로, 높은 지위를 차지한 자는 언제나 불안과 두려움 속에 산다. 비록 견디기 힘들지만, 낮은 자리가 더 낫다. 위험과 두려움 속에 있는 높은 지위보다 말이다.

언덕은 높고, 골짜기는 낮다. 골짜기에는 봄이 오고, 언덕은 황폐하다. 가장 높은 곳에 항상 가장 많은 풀이 자라지는 않는다. 절제는 즐겁고 유지하기 쉽다. 가장 높은 자는 큰 두려움에, 가장 낮은 자는 고통 속에 산다. 그러나 아무런 이름도 없이 땅에 누워 있는 것이 언제 떨어질지 모를 절벽 위에 서 있는 것보다 낫다. 따라서 행운의 수레바퀴에 의지해 높이 오르는 것은 어리석다. 결국 우리가 죽을 때 이 세상의 모든 것을 버려야 하니, 왜 그렇게 오르려 애쓰는가? 죽음은 언제 닥칠지 모른다. 운명의 세 여신 중 라케시스가 네 목숨 줄을 끊으면 모든 것이 끝난다.

운 좋은 듯 보이던 이도 한순간 파멸할 수 있고, 주사위가 잘

굴러가다 마지막엔 비참해지는 경우도 많다. 율리우스 카이사르조차 전 세계를 정복했지만, 결국 비참히 죽었다. 역사 속 수많은 제왕과 위인이 높은 자리에서 무너졌다. 높은 지위를 얻으면 아첨하는 이들이 생기지만, 진정한 우정이나 충성은 드물다. 오히려 시기와 음모, 독살의 공포에 시달린다. 이를 두려워하는 군주나 귀족은 끝없이 경계하며, 참된 평안을 누리지 못한다. 고귀한 지위를 얻은 자는 언제나 백성들의 시기와 미움을 직면하고, 진정으로 사람들을 만족시키기도 어렵다.

결국 모두를 만족시키는 것은 불가능하며, 높은 자리에서 기쁨과 안정은 요원하다. 그러니 이 변덕스럽고 불확실한 행운에 기댈 필요가 있을까? 차라리 현재의 신분에 만족하고, 과도한 욕심을 삼가라. 측량 불가능한 행운을 믿기보다 검소하고 중용을 지키는 삶이 훨씬 더 안전하고 안정적이다.

서른일곱 번째 바보

의사의 조언을 무시하고 참지 못하는 환자

만약 누군가 심한 질병이나 상처로 고통받으며, 오직 현명한 의사의 치료와 처방만이 그를 살릴 수 있음에도 그 치료를 기꺼이 받아들이려 하지 않는다면, 그는 참으로 어리석은 사람이다. 만약 그러다 정말 죽게 된다면, 그건 그가 자초한 결과이니 마땅한 일이다.

몸이 병들거나 상처 입어 죽음 문턱에 있는 환자가, 명의가 권하는 훌륭한 약과 조언을 마다한다면 어떻겠는가? 그는 무지하며 어리석다. 의사의 치료와 처방을 믿고 따르면 금방 나을 수 있지만, 이를 거부한다면 자신이 빠르게 회복될 기회를 스스로 버리는 셈이다.

의사가 "이렇게 하면 당신이 곧 나을 것"이라며 확신을 주고, 환자가 이를 따르기만 하면 된다고 해도, 그 환자가 먹고 마시는 것에서 어떠한 절제도 하지 않고, 의사의 금지사항을 무시한 채 엉뚱한 음식을 섭취한다면 어떨까? 가장 해로운 음식과 음료를 오히려 좋아하고, 도움이 될 치료나 약은 기피한다면, 결국 작은 상처가 치명적 상처로 발전할 수밖에 없다.

그런 사람은 어떠한 충고나 절제도 따르지 않고 방탕한 생활을 고집하다 마침내 무덤에 이른다. 처음에는 가벼운 질병이었는데도, 적절한 치료 시기를 놓치면 더 큰 문제로 번진다. 작은 불씨가 큰 불길로, 작은 물줄기가 거대한 강으로 커지듯, 작은 질병도 방치하면 치명적인 위협으로 자란다.

따라서 현명한 사람이라면 초기 증상이 나타날 때, 즉시 치료법을 찾고 의사 지시에 따라야 한다. 치료 과정 중 잠깐 고통스럽더라도, 그로써 오랜 고통을 피할 수 있다면 훨씬 낫다. 치료는 때때로 쓰고 아프지만, 오래 끌어 증상이 악화되는 것보다 훨씬 현명하다.

의사에게 질병 상태를 숨기거나 거짓말한다면 결국 자기 자신을 속이는 것이다. 이는 영적 문제에서도 마찬가지다. 고해성사 시 자신의 죄를 정직하게 고백하지 않으면, 스스로를 속여 지옥 형벌을 자초하는 꼴이다.

육신의 질병이든 영혼의 병이든 곧바로 도움을 청하고, 의사나 성직자의 조언을 받아 치료를 받거나 진실히 고백하는 것이 가장 현명하다. 하지만 요즘 어떤 이들은 진짜 의사가 아닌 주술사나 마녀 같은 이들에게 치료를 맡긴다. 그들은 환자의 가슴이나 머리 위를 손으로 쓰다듬으며 무의미한 주문을 외치고, 빨리 나을 거라 장담한다. 환자는 그 거짓된 약속에 홀려 더 악화된 상태로 남는다.

바울 사도는 이런 미신적 의술에 기댄 자들을 이단자나 불신자, 신의 법을 어긴 자라 부른다. 실제로 이런 잘못된 치료사에게 의존하다 더 빨리 죽고, 몸은 물론 영혼까지 지옥 불길에 떨어지는 경우가 비일비재하다. 이는 잘못된 믿음과 불순종의 대가다.

이 글의 교훈적 의미를 다시 상기하라. 네 몸이나 영혼이 병에 들면, 즉시 올바르고 현명한 해결책을 찾아야 한다. 질병이나 죄가 더 커지기 전에 치료받고 고백하라. 아픔을 두려워하거나 치료를 미루지 말라. 그래야만 작은 문제일 때 해결하고, 큰 고통에서 벗어날 수 있다.

서른여덟 번째 바보

계획을 미리 드러내어
스스로 덫에 빠지는 자

새를 잡으려는 자가 덫이나 그물을 새들의 눈앞에 드러낸다면, 오히려 새들에게 조심하라고 알려주는 꼴이다. 그 결과 그 어느 새도 잡을 수 없다. 마찬가지로, 자신의 속셈과 꾀를 적에게 노골적으로 드러내는 자는 바보이며, 만약 그로 인해 상대가 대비책을 세우면 본인만 손해를 본다.

새를 잡으려면 덫을 숨겨야 한다. 그러나 이 어리석은 자는 덫을 보란 듯이 펼쳐놓고, 새들에게 "피하시오!" 하고 말하는 듯하다. 또 다른 비유를 들면, 싸울 때 상대에게 무기나 갑옷을 먼저 건네주는 꼴이다. 그런 식으로 상대를 강화하는 사람은 도무지 이길 수 없다. 자기 속셈을 다 드러내는 바보도 이와 같다.

겉으로 큰소리치며 상대를 협박하고, "때려주겠다"라고 외치며 위협하는 자는 정작 실제 싸움에서는 약한 경우가 많다. 말뿐인 협박꾼은 주먹질은커녕 작은 개에게조차 겁먹을지 모른다. 역시 말로만 위협하는 자는 실전에서는 닭 한 마리 못 잡을 수도 있다.

적에게 대응책을 알려주고, 자신이 무엇을 하려는지 다 보여준다면, 상대는 쉽게 대비한다. 영리한 자는 절대 자신의 비밀계획을 떠벌리지 않는다. 즉 현명한 사람은 마음의 비밀을 혼자 간직하고 있다가, 가장 좋은 순간에 행동으로 옮겨 성공을 거둔다.

이와 달리 어리석은 자는 큰일에 앞서 "내가 이렇게 할 거야!"라고 떠벌리면서 스스로를 적에게 노출한다. 결국 이를 안 적은 충분히 대비하여 그를 좌절시킨다. 주의를 기울이는 사람이라면, 이런 허풍쟁이나 계획 누설자를 통해 그들의 의도를 간파하고 대응할 것이다.

가장 현명한 자는 자신의 의도를 나타내는 말을 함부로 하지 않고, 적이나 친구에게도 비밀을 드러내지 않는 사람이다. 왜냐하면 아무리 친한 친구라도 훗날 적이 될지 모르고, 비밀을 아는 이가 많아지면 그 비밀은 금세 퍼져나가서 자신에게 해가 될 수 있기 때문이다.

고대의 지혜로운 솔로몬도 비슷한 말을 했다. 자기 비밀을 스스로 간직하고 함부로 말하지 않는 이가 참으로 지혜롭고 행복하게 산다. 반면 자신의 속마음을 전부 떠벌리는 자는 바람 부는 언덕에 짚이나 깃털을 뿌리는 것처럼, 순식간에 비밀이 사방으로 퍼지게 한다.

또한 지위가 낮은 이의 행위는 비교적 가려지기 쉽지만, 지위가 높은 이의 행위는 결코 숨길 수 없다. 높은 지위에 있는 사람의 사소한 잘못조차 유행하는 소문처럼 멀리 번지고, 그의 가족과 후손에게까지 치욕을 끼친다. 이 점에서도 비밀을 지키는 신중함이 중요하다.

그러므로 큰일이나 위험이 수반되는 일, 국가나 자신의 건강, 혹은 생사에 관련된 일이라면 더욱 조심해야 한다. 일을 시작하기 전에 말로 떠벌리지 말고 가만히 실천하라. 특히 하인이나 신하를 무조건 믿지 말라. 오늘의 친구가 내일의 적이 될 수 있으며, 적에게 "내가 이렇게 할 거야"라고 알려주는 것만큼 어리석은 일은 없다.

요컨대 결코 계획을 드러내지 말고, 상대를 불필요하게 경계시켜선 안 된다. 차라리 침묵 속에서 은밀히 움직여야 한다. 행운이나 성공은 그렇게 비밀을 지키는 자에게 따른다.

서른아홉 번째 바보

남의 불행을 보고도 교훈 삼지 않는 자

다른 이들이 어떻게 불행을 맞고, 넘어지고, 파멸하는지 똑똑히 보면서도, 전혀 경계하지 않고 같은 길을 따라가는 자는 어리석다. 이런 자들은 우리 바보들의 배에서 당연히 한 자리를 차지할 것이다. 다른 사람들의 실패와 고통에서 배울 기회를 놓치고 있으니 말이다.

날마다 우리는 죄와 어리석음 때문에 빈곤과 고통, 심지어 죽음에 이르는 사람들을 본다. 그러나 이 교훈적인 장면들은 전혀 우리의 삶을 개선하지 못한다. 우리는 타인의 위험을 보고도 전혀 주의를 기울이지 않는다. 누군가는 욕을 먹고 조롱을 당하고, 누군가는 불명예스럽게 끝나도, 그를 반면교사로 삼지 않는다. 그래서인지 바보들의 무게가 우리 배를 가라앉힐 듯하다.

이들은 서로를 경멸하면서도 똑같은 어리석음에 젖어 있다. 한 바보가 다른 바보를 비난하며 날카로운 말로 상처 주지만, 사실 양쪽이 다르지 않다. 어떤 이는 한 악습으로 인해 다른 이가 큰 불명예를 당하는 걸 보면서도, 똑같은 악습을 저지른다.

타인의 불행이 전혀 경종을 울리지 못하는 이유는 무엇인가? 그들의 마음이 눈멀고, 죄에 물들어 있기 때문이다. 왜 이렇게 어리석게 죽음으로 내달리는가? 오, 미련한 자여. 그리스도의 법도와 가르침을 어서 따르라. 다른 이가 덫에 걸린 걸 보았다면 그 길을 피하라. 하지만 너희는 그렇게 하지 않는다. 그 때문에 너희는 은혜와 영적 빛을 잃고, 서로 비난하며 모두 함께 추락한다.

눈먼 자가 눈먼 자를 인도하듯, 서로를 맹목적으로 따라가며 서로를 탓하지만, 둘 다 똑같이 걸려 넘어진다. 한 게가 다른 게에게 "너는 뒤로 걷고 있어"라고 책망하지만, 사실 두 게 모두 뒤로 걷고 있을 뿐이다. 이렇게 많은 바보들이 서로를 책망하고, 똑같은 어리석음 속에서 허우적댄다.

옛말에 이르길, 어머니의 충고를 듣지 않으면 결국 계모의 가혹한 처벌을 받게 된다고 했다. 마찬가지로, 신의 계명을 경시하면 궁극적으로 큰 고통과 수치에 직면하게 된다. 성경과 고대 시인들은 수없이 많은 예를 들어 이를 경고한다. 파에톤이 신의 권능에 도전하다 불에 타 죽었고,* 이카로스가 아버지 다이달로스의 충고를 어기고 너무 높이 날다 추락하여 죽었다. 이런 사례는 모두 경종을 울린다. 우리는 매일 다른 이들의 실패를 보면서도, 그러한 경고를 헛되이 흘려보낸다.

* 파에톤은 태양신 아폴론의 아들로, 아버지의 위대한 능력을 과시하기 위해 아폴론에게 태양 마차를 몰아볼 기회를 달라고 조른다. 하지만 태양 마차를 제대로 통제하지 못해 지구는 뜨거워지고, 바다는 말라붙어 세상은 혼란에 빠진다. 이에 화가 난 제우스는 파에톤에게 번개를 던지고, 파에톤은 이를 맞고 추락해 숨진다.

따라서 현명한 자는 다른 이가 함정에 빠지는 것을 보고 달리 행동한다. 굴 앞에 들어간 발자국은 많지만 나온 발자국이 없는 것을 보고, 여우가 들어가지 않은 것처럼 말이다. 하지만 바보는 그렇게 하지 못하고, 한 번 실패한 길을 똑같이 따라가며 망한다. 거듭 말하거니와, 남의 불행을 교훈 삼지 못하는 자는 필히 우리 바보들의 배에서 한 자리를 차지하게 될 것이다.

마흔 번째 바보

하찮은 비방에 흔들리는 나약한 정신

만약 종에서 운치 있는 소리가 나려면, 그 안에 울릴 쇠가 있어야 한다. 쇠 없이는 여우 꼬리를 집어넣는다고 해도 소리가 나지 않는다. 이처럼 뒷말하는 자들이 아무리 떠들어도, 정직하고 올바르게 사는 이를 실제로 해칠 수는 없다. 따라서 이런 터무니없는 험담에 신경 쓸 필요가 없다.

만약 이 세상에서 마음의 평안과 안정을 얻길 원한다면, 어리석은 군중의 헛된 말에 귀 기울이지 마라. 사람들이 종종 선하고 올바른 사람을 이유 없이 비난한다고 해서, 걱정하거나 마음 쓸 필요가 없다. 결국 감내해야 할 것이니, 동요하지 마라.

저속한 악담을 하는 자들의 입방아에 너무 신경 쓰는 것은 현명하지 못하다. 험담은 멈출 수 없는 바람 같은 것으로, 달콤한 영예 뒤에는 항상 쓴맛이 따른다. 높은 지위든 평범한 삶이든, 누구나 때때로 그런 말에 부딪힐 수밖에 없다.

아무리 자리를 잡고 확고히 산다 해도, 세속의 잡음은 피할 수 없다. 사랑, 신의, 신뢰가 희미한 이 세상 파도 속에서 으뜸의 자리를 차지하려는 사람은, 결국 구설과 시샘에 시달리기 마련이다. 그래서 어떤 현자나 성인은 아예 세속을 등지고 황야나 광야로 들어가, 세상의 비방을 피하며 덕을 닦았다.

진실로 올바르고 선한 삶을 산다면, 험담을 두려워하거나 개의치 않을 수 있다. 선한 사람은 비뚤어진 혀의 공격에 큰 해를 입지 않는다. 좋은 삶을 살며 바르게 행동한다면, 말은 바람에 불과하고, 시간이 지나면 진실이 드러날 것이다.

분노나 폭력, 거친 말 대신 인내심으로 대처하라. 끝을 보면 험담꾼의 거짓이 밝혀지고, 너의 진실함이 증명된다. 옛 시인이나 예언자, 성인들도 험담과 비난 속에서도 굴하지 않고 진실을 전했기 때문에 명예를 얻었다. 모든 사람에게 만족을 주는 삶은 불가능하다. 그렇게 하려면 밤낮으로 애써야 하지만, 결국 누군가는 불만을 제기한다.

심지어 남이 아무리 잘 살아도, 어리석고 천한 사람들은 뒤에서 부당한 비판을 해댄다. 거지는 험담을 밥 먹듯 할 것이며, 무식한 이들은 남을 비난하며 흥을 낸다. 어디를 가든지 이런 이들을 만날 것이다. 전 세계 어디든, 이런 이들의 입을 막으려면 끝도 없이 '밀가루'를 사야 할 정도로, 이들은 험담하기를 즐긴다.

어리석은 험담꾼들은 자기 자신은 부끄러운 삶을 살면서, 선한 이들을 질투하고 헐뜯는다. 이들은 제멋대로 말을 바꾸고, 금세 후회하고 다시 비난하며 허황된 말에 열중한다. 그러나 지혜로운 이라면 이런 어리석은 사람들을 개의치 않는다. 거짓말을 지어내고 음해하는 자들의 허튼소리에 마음 쓸 필요가 없다. 그런 것에 휘둘리는 자야말로 바보이고, 늘 고통받으며 살 것이다.

마흔한 번째 바보

거짓 비난과 조롱으로
명예를 해치는 자

여기 또 한 부류의 어리석은 이들이 있다. 이들은 올바른 가르침과 참된 지혜를 베푸는 사람을 조롱하고 멸시하며, 때로는 돌을 던지듯 비난한다. 그들은 지혜로운 조언을 들으려 하지 않고, 오히려 그것을 비웃고 깎아내린다. 이들은 결코 올바른 길로 돌아서지 못하는 완고한 어리석음에 빠져 있다.

어리석고 마음이 거친 자들이여, 이 글을 보라. 너희의 포악하고 부정한 태도를 버리고, 진실하고 아름다운 가르침에 귀 기울여라. 옛 성현들의 가르침을 따르고, 올바른 으뜸 가치를 좇는다면 너희 삶은 풍요롭고 평안해질 것이다.

지혜와 덕은 의심할 여지가 없는 것으로, 사람에게 특별한 명예를 부여한다. 그러나 어리석음에 빠져 잠든 마음은 아무것도 알지 못하고, 전혀 알려고 하지 않는다. 그러나 이 작은 배에서 주로 나는 모든 어리석은 조롱꾼들을 비난할 것이다. 가려운 곳을 긁는 자가 가려움을 느끼는 것처럼, 믿음이 강하지 않은 조롱꾼과 비웃는 자들을 거친 빗으로 긁어낼 것이다. 그들이 그들의 악덕에서 벗어나고, 큰 논쟁을 일으키는 그들의 어리석음을 버릴지 시험하기 위해서다.

하지만 이 조롱꾼들은 제아무리 깨우침을 주어도, 결코 마음을 돌이키지 않는다. 현명한 사람이라면 자기 잘못을 지적받을 때 기꺼이 수용하고, 더 나아지려 노력한다. 그러나 어리석은 자들은 비판받으면 오히려 상대를 미워하고 비방한다. 이런 자들에게는 어떠한 책망도, 교훈도 소용없다. 그들의 모든 풍자는 결국 자기 자신의 부끄러움을 드러낼 뿐이다.

세상을 돌아보면, 겸손히 충고를 수용하는 이보다는 경솔하게 남을 비웃고 조롱하는 이들이 더 많다. 특히 진실을 말하거나 선한 길을 가르치려는 사람들을 향해 조롱과 멸시를 퍼붓는 모습을 자주 볼 수 있다.

이런 이들의 행위는 결코 가벼이 볼 문제가 아니다. 감히 신의 예언자를 업신여긴 무리가 혹독한 벌을 받았다는 옛이야기를 떠올려 보라. 무고한 이를 비웃고 헐뜯는 자들에게는 반드시 그에 합당한 대가가 돌아온다. 결국 조롱과 멸시는 파멸로 인도하는 길이며, 다른 이를 깎아내린 자는 언젠가 자신도 남들로부터 조롱받게 될 것이다.

깨끗한 육체와 생각을 가진 자는 악한 삶을 사는 자를 비웃을 수 있다. 그러나 자신이 하는 짓과 똑같은 악행을 저지르는 사람을 두고 악덕하다고 비난할 수는 없다. 다윗의 분노를 누그러뜨리기 위해 나발의 조롱을 아내 아비가일이 지혜롭고 상냥한 수단으로 바로잡지 않았다면, 그들은 아마 비싼 대가를 치렀을 것이다.* 곰 두 마리가 숲에서 나와 예언자 엘리자를 대머리라고 조롱한 마흔두 명의 아이를 찢어 죽였는데, 그 아이들은 신성한 예언자를 조롱한 것을 후회하며 태어난 날을 저주했을 것이다. 이같이 많은 사람들이 그들의 음탕한 조롱으로 인해 슬퍼하고 파멸에 빠진다. 그러므로 지혜로운 자들이 이 어리석은 무리의 말에 귀 기울이는 것은 어리석은 일이다. 왜냐하면 가장 많이 비웃는 자들이 가장 악한 자들이기 때문이다.

* 다윗이 사울을 피해 마온이라는 동네로 들어와 그 동네의 부자인 나발에게 도움을 요청했다. 그런데 나발은 다윗이 누구인데 내 재산을 요구하느냐며 이를 거절하자, 화가 난 다윗은 사백 명의 군사를 데리고 그를 치러 간다. 그 소식을 전해 들은 나발의 아내 아비가일은 남편에게 아무것도 알리지 않은 채 조용히 선물을 준비해서 다윗을 찾는다. 그러면서 신중하고 조심스러운 말투로 다윗은 이스라엘의 지도자가 될 것이니 나발을 향한 복수로 과오를 남기지 말아달라고 간청한다. 그녀의 친절하고 지혜로운 말에 다윗은 결국 마음을 바꾸었고, 복수는 신께 맡기기로 결심한다.

마흔두 번째 바보

영원한 기쁨 대신
썩어가는 세상을 좇는 자

만약 누군가 천국과 땅을 저울질하여 어느 쪽이 더 무거운가 따진다면, 그는 참으로 어리석은 사람이다. 이 지상에는 참된 안식도 기쁨도 없는데, 어떤 이는 여전히 이 비참한 세상을 계속 붙들고 영원한 천국을 마다한다. 이 얼마나 어리석은가!

이제 나의 손이 피곤하고 잠시 쉬고 싶지만, 바보들이 우리 배로 몰려드는 통에 쉴 틈이 없다. 이번에는 이 세상 것을 지나치게 사랑하여 천국의 영광을 무시하는 바보들에 대해 기록해야 한다. 그들은 신에게 영원히 살게 해달라고 빈다. 하지만 천국을 바라서가 아니다. 그저 세속적 쾌락을 더 길게 누리고 싶을 뿐이다.

이들은 속으로 다음과 같이 말한다. "오, 영원히 다스리시는 주여. 제발 제가 이 세상의 마지막까지 살아 그 끝을 보게 해주소서. 당신의 천국 따위에는 관심이 없습니다." 그러나 그들이 긴 생을 원하는 것은 마음을 정화하거나 덕을 쌓기 위해서가 아니다. 오로지 친구들과 어울려 쾌락, 방탕, 음란, 오만, 탐욕에 빠지고 싶기 때문이다.

이들은 지옥의 불길과 엄청난 고통을 전혀 두려워하지 않는다. 이 세상은 슬픔과 고통, 허무함으로 가득 차 있는데도, 어째서 그토록 세속적 재물과 일시적 쾌락에 집착하는가? 왜 천국을 멀리하고, 하찮은 세상 것을 그렇게 높이 평가하는가?

만약 사람이 조금만 이성적으로 생각한다면, 이 세상 쾌락은 금방 꺼질 불꽃처럼 허무하고, 진정한 평안은 하나도 없음을 깨달을 것이다. 이 땅의 재물과 즐거움은 눈 녹듯 사라진다. 그러나 어리석은 자들은 여전히 지상 것을 탐하며 천국을 무시한다.

이들은 끝내 죄 속에서 살다 부끄러운 죽음을 맞이하고, 세상의 고난에 짓눌리고, 이후 영원한 심판 앞에서 벌벌 떨게 될 것이다. 세상이 확실히 변하는 순간, 죽음이 닥치면 아무도 피할 수 없다. 누구나 죽음을 맞고, 결국 세상 것은 남겨둔 채 떠나야 한다.

마침내 최후의 심판 날이 오면, 모두가 신 앞에 선다. 선하게 산 자들은 천국의 영원한 기쁨을 얻고, 죄 속에 살던 자들은 두려움과 공포 속에서 벌을 받을 것이다. 하지만 그때는 이미 늦었다. 지상의 부와 쾌락 때문에 천국을 외면한 자는 영원한 불행 속에 떨어진다.

하찮은 흙덩어리인 세상 재물과 영광을 위해 천국을 포기하는 자는 눈먼 자만큼 어리석은 자다. 고통과 혼란뿐인 찰나의 이 세상을 천국의 영원한 기쁨과 비교하는 것은 부질없다.

오, 눈먼 자여, 네 최고의 행복을 세상의 것들에 두는 자여. 너는 여기서 무엇을 발견하느냐? 큰 역경뿐이다. 너는 영원한 기쁨을 뒤로 하고 세상의 것들을 위해 살고자 하느냐? 세상의 비참함을 위해 영원한 부, 끝없는 생명, 모든 선이 있는 곳, 건강이 있는 곳을 버리려 하느냐? 너는 하늘을 고통스러운 삶과 비교하려 하느냐? 그렇게 생각하는 것은 분명 어리석은 짓이다. 거기에는 화합이 있고, 여기에는 다툼뿐이다. 거기에는 모든 평온이 있고, 여기에는 근심과 고통이 있다. 거기에는 진정한 사랑이 있고, 여기에는 조롱과 멸시가 있다. 거기에는 모든 선이 있고, 여기에는 모든 악과 죄악이 있다. 이제 가장 좋은 것을 선택하라. 너의 선택이 큰 차이를 가져올 것이다.

마흔세 번째 바보

신성한 교회에서 부적절하게 소란 피우는 자

경건한 마음 없이 교회에 들어와, 자신의 주위에 사냥개들을 데리고 돌아다니며 소란을 일으키는 자는 참으로 어리석다. 어떤 개들은 이리저리 달리고, 또 어떤 개들은 그의 허리춤에 묶여서 끌려다닌다. 손에는 매사냥에 쓰는 길들인 매를 들고서 기도하는 사람들을 방해한다. 이런 짓을 할 바에야 차라리 교회에 오지 않는 편이 낫다. 그들의 떠들썩한 소리와 소란스러운 행동 때문에 경건하게 기도하려는 신자들이 방해받기 때문이다.

하지만 이처럼 어리석은 이들은 많다. 그들은 교회에서 신성한 예식과 기도를 올바로 드리는 것을 방해하면서도, 이를 부끄럽게 여기거나 죄악으로 인식하지 않는다. 헌신적으로 마음을 다해 신에게 예식과 기도를 올리는 선한 신자들이 있는데, 이 어리석은 자들은 그 와중에 상스러운 말과 떠들썩한 소리, 무질서한 행동으로 모든 경건한 분위기를 깨뜨린다.

사제들이 아침 기도, 미사, 설교, 혹은 신자들을 선으로 인도하기 위한 다른 성스러운 일에 힘쓸 때면, 이 바보들은 마치 울부짖는 돼지처럼 음란한 말과 부적절한 농담으로 거룩한 의식을 방해한다.

또한 다른 부류의 어리석은 자가 교회에 들어오는데, 그는 경건한 마음 없이 그저 왔다 갔다 하며 사람들에게 자신을 과시하려 한다. 어떤 이는 화려한 옷차림을 뽐내려 하고, 또 다른 이는 손에 참매나 매를 올려놓고 얼쩡거린다. 어떤 경우에는 괜히 뻐기며 제단 앞을 왔다 갔다 한다. 그 마음속에 경건한 생각이라고는 조금도 담겨 있지 않다. 또 다른 이는 개들을 데리고 와, 줄에 묶은 채로 짖어대게 하여 교회 안 전체를 난장판으로 만든다. 어른들이 이렇게 하니, 아이들도 이를 본받아 교회 안은 떠들썩한 잡음으로 가득 차게 된다.

매의 방울 소리가 경쾌하게 울리고, 매가 날갯짓하며 소리를 내는가 하면, 이제는 개들이 짖어댄다. 사람들의 발소리, 사슬이 부딪치는 소리, 손뼉 치는 소리 등이 어우러져 교회는 마치 매를 가두는 우리나 개의 훈련장 같은 소굴이 된다. 그러나 이 소란 가운데에서도 선한 신자들은 그저 묵묵히 참고 있을 뿐이다.

어떤 이들은 킥킥 웃고, 어떤 이들은 부적절한 시선으로 아가씨나 여인을 훔쳐보고, 예배나 미사 따위에는 전혀 관심이 없다. 그저 자기들 쾌락에 탐닉할 뿐이다. 어떤 이는 교회 안에서 슬리퍼를 끌고 왔다 갔다 하며 시끄러운 발소리를 낸다. 이 소란 때문에 참된 신자들은 예식을 제대로 들을 수 없다.

여인들이나 아가씨들 사이에서도, 교회에서 험담과 스캔들을 퍼뜨리는 일이 벌어진다. 어떤 여인이 한 명을 비방하면, 다른 이들은 귀를 기울이며 그 험담을 교회 안에서 온전히 즐긴 뒤, 헌신적인 마음을 다해 술집을 향한다. 이처럼 교회는 추한 행위로 더럽혀지고, 기도 대신 부끄러운 거래나 음란한 이야기, 조롱과 비웃음이 가득하다. 참된 경건을 찾기 어렵다.

심지어 성체성사로 주님이 빵의 형상 안에 현존하시는 순간에도, 어떤 무례한 인간은 모자도 벗지 않은 채 바로 그 곁을 걸어 다닌다. 사제가 거룩한 성체 변화를 말씀하시는 순간, 천사들은 경외심으로 가득 차 있지만, 이 사악한 이들은 아랑곳없이 수다와 잡담을 계속한다. 그리스도와 천사들이 함께하는 이 거룩한 순간조차 이들은 존중하지 않는다.

누가 이런 우매한 행동에 대해 꾸짖지 않을 수 있겠는가? 이들은 조금도 자신들의 잘못을 고치려 하지 않고, 여전히 죄 안에 머문다. 그리스도께서 우리에게 분명히 모범을 보이셨는데, 신께서 성전에서 장사꾼들을 몰아내신 것처럼, 우리는 교회를 거룩하게 유지해야 한다. 그러나 유대인들이 성전을 도둑의 소굴로 만들었다고 꾸지람을 받았듯, 오늘날 우리는 더 심각하게 교회를 세속적 죄와 소란으로 더럽히고 있다.

만약 주님이 다시 오셔서 교회 안에서 범죄를 저지르는 이들을 쫓아내신다면, 교회 안에 남아 있을 자가 거의 없을 것이라는 생각이 든다. 이 경고를 가슴에 새기고, 신성한 장소에서 불법적이고 부정한 행위를 멈추라. 교회는 신과 천사께 예를 올리고 은총을 누리는 곳이지, 세속적 행위와 소란으로 더럽힐 수 있는 장소가 결코 아니다.

마흔네 번째 바보

위험한 곳에 스스로 뛰어드는 자

만약 어떤 어리석은 사람이 의도적으로 자기 목숨을 위태롭게 하여 우물 속이나 불길로 뛰어들어 죽음을 자초한다면, 그는 참으로 어리석은 자다. 거기서 살아 나올 수 있었을 텐데도 스스로 죽음을 선택한 것이니, 그렇게 죽는다 해도 본인이 자초한 일이기에 마땅한 벌이라고 할 수 있다.

나는 또 다른 부류의 바보들을 발견했다. 이들은 신에게 기도하며, "오 거룩하신 주님, 제 마음을 정화하고 시야를 밝히도록 은총을 내려주소서" 하고 간구하지만, 정작 죄와 어리석음에서 벗어나려는 진지한 노력은 전혀 하지 않는다. 이들은 죄를 지으며 울고불고 불평하면서도, 신께서 즉시 그들의 뜻대로 이루어 주시지 않는다고 탓한다. 그러나 그들의 비참한 행위는 결국 자신이 초래한 것이며, 그들이 바라던 "구원"을 막는 건 본인들의 고집과 나태다.

이들은 신에게 도움을 청하지만, 실제로는 죄를 지속하고 싶어 한다. 위험이 명확히 눈앞에 보임에도, 이를 피해 갈 의지가 없다. 신에게 호소하고 성인에게 울부짖으면서도, 정작 스스로는 전혀 노력을 기울이지 않고 위험에 뛰어드는 꼴이다. 바꿀 생각 없이 부르짖기만 하니, 그들은 늘 신께서 기도를 들어주지 않으신다고 불평한다.

정말 어리석은 자들이여, 왜 스스로 우물에 뛰어드는가? 마치 누군가가 깊은 우물을 발견하고는 직접 위험을 시험하겠다며 몸을 던진 뒤, 그 안에서 살려달라고 외치는 꼴이다. 애초에 뛰어들지 않았다면 위험하지 않았을 텐데, 이제 와서 밧줄을 내려줘 봤자, 또다시 같은 미친 짓을 할 수도 있다. 결국 그렇게 죽는다면 자업자득이다.

엠페도클레스*라는 인물이 있었다고 한다. 그는 강력한 존재였으나, 스스로를 파멸로 몰아넣었다. 불타는 화산(에트나산) 속으로 뛰어들어, 그 불꽃이 진짜 불인지 시험하려 했던 것이다. 결국 그는 불길 속에서 타 죽었다. 만약 누군가 그를 구했더라도, 그는 다시 같은 짓을 반복했을지 모른다. 이처럼 고의로 위험에 몸을 던지는 자는 미친 사람이나 다름없다.

이와 비슷하게, 하늘나라의 복과 지옥의 형벌을 알면서도, 세속의 재물이나 쾌락에 집착하는 자들이 있다. 그들은 "지옥 불길에서 벗어나게 하소서"라고 기도하지만, 정작 세속적 부나 권세를 더 바라며 죄짓기를 포기하지 않는다. 결국 이들은 영원한 생명을 원한다고 말하면서, 자기 의지로 죄를 짓고 세속적 유혹에 빠져 천국에서 멀어진다.

* 고대 그리스의 철학자로, 세상의 모든 만물이 바람, 불, 물, 흙 등 네 가지 원소로 이루어져 있다고 주장했다.

이런 이들이 올리는 기도는 공허한 바람일 뿐이다. 신께서 주시는 영원한 기쁨 대신 덧없는 세상 재물을 위해 기도하고, 높은 지위나 쾌락을 추구한다면, 이는 위험에 의도적으로 자신을 내던지는 것과 다를 바 없다. 부, 권세, 세속적 위엄이 때로는 죄를 증폭시키고, 이로써 자신을 지옥의 문턱까지 내몬다.

의지를 다해 선을 행할 수 있음에도 불구하고, 스스로 우물 속으로, 불구덩이로 뛰어드는 이들, 즉 죄악에 빠지길 좋아하고, 구원을 원한다면서도 실제로 선을 행하지 않는 이들은 자신이 초래한 파멸을 되돌릴 수 없다. 불필요한 위험을 기꺼이 선택한 그들이 나중에 눈물을 흘리며 후회해 봤자, 때는 이미 늦었다. 결국 이들은 자신들이 '원한' 결말, 곧 파멸과 고통을 얻을 뿐이다.

마흔다섯 번째 바보

선을 외면하고
죄인의 고통을 모르는 자

이 세상에서 많은 이들은 죄의 수레를 끌며 살아간다. 수고와 고통 속에서 게으르지 않고 부지런히 죄를 쌓는다. 한결같이 죄를 짓고, 그 상태로 평생을 보낸다. 그런데 그들이 죽은 후 지옥에서 받는 형벌은 여기에서 받는 고통보다 훨씬 더해져, 네 바퀴 달린 수레를 끌 듯 무거워진다. 여기에서는 죽음이 고통의 끝일 줄 알았지만, 거기에서는 고통이 배가될 뿐이다.

신께서는 모든 부정한 어리석은 자들이 당신이 창조하신 신비와 기적을 깨닫는 것을 허락하지 않으신다. 그 때문에 이들의 죄는 더 커지고, 어리석음은 깊어진다. 이들은 이미 이 땅에서 많은 노동과 노고 속에 살아가며 쾌락과 이득을 추구한다. 그러나 죽고 난 뒤에는 영원한 고통을 맞이하게 된다.

즉 여기에서 죄와 악에 빠져 산다면, 죽은 뒤에는 더 깊은 고통을 겪을 수밖에 없다. 이 세상에서 온갖 재물을 갖추어 봐야, 지옥 불의 형벌을 피할 수 없다면 무슨 소용인가? 신의 법을 지키지 않고 살면, 사후에 뼈저린 후회를 할 것이다.

우리는 신께서 우리를 위해, 우리를 오류에서 건지기 위해 그의 계명과 법을 제정하셨음을 안다. 이 법은 온 세상에 주어졌으며, 우리가 경건하고 올바르게 살며 천상의 축복을 향해 나아가게 한다. 그런데도 어떤 이는 물질적 쾌락, 육체적 욕망, 방탕한 삶에 몰두한다. 그러한 자들은 이 세상에서부터 죄의 짐수레를 끌며 고통받다가, 죽음 뒤에는 더한 형벌을 끌게 될 것이다.

그렇다면 왜 어리석은 길로 가는가? 나는 충고하노니, 지옥으로 향하는 그 길을 피하라. 그 길은 어쩌면 평탄해 보이고 쉬워 보일지 모르지만, 결말은 극심한 고통과 혐오스러운 광경뿐이다. 그 길을 가는 자들은 수없이 많으나, 결말은 한결같이 파멸이다. 결국 지옥에서 더 심한 수레를 끌게 되는 것이다.

반면 천국으로 가는 길은 협소하고 어려우며, 덤불과 가시, 날카로운 돌로 가득하다. 하지만 그 길은 덕과 선으로 인도하며, 고귀한 삶을 사는 이들이 걸어간다. 이 길은 고통스럽고 희생이 필요하다. 많은 죄인들이 이 험한 길을 피하고, 더 쉬워 보이는 지옥으로 가는 길을 택한다. 그러나 덕과 선을 얻으려면, 노력과 수고가 필수적이다.

신께서는 우리가 선을 얻기 위해 고투하도록 정하셨다. 어리석은 자들은 힘들더라도 선을 향한 노력 대신 죄를 향한 쾌락을 좇는다. 따라서 무수히 많은 이들이 왼쪽(지옥)으로 치우쳐 달려가고, 오른쪽(천국)으로 가는 이는 극히 적다.

요컨대 이 세상에서 덧없는 쾌락과 재물에 집착하면, 죽음 뒤에 더 큰 형벌이 기다린다. 죄의 수레를 끄는 이들, 부와 명예를 탐해 지옥으로 가는 길을 자초하는 이들은 스스로 선택한 결과를 감당해야 한다. 천국의 길은 어렵지만 영원한 기쁨을 약속하며, 지옥의 길은 쉬워 보이지만 영원한 고통으로 이어진다.

마흔여섯 번째 바보

어른들의 나쁜 본을
그대로 좇는 아이들

만약 아버지나 어머니가 아들 앞에서 사소한 일로 화를 내어 접시나 그릇, 냄비 따위를 박살 낸다면, 그 아이는 그 모습을 그대로 따라 배워 커다란 솥까지도 부술 수 있을 정도로 폭력성과 무질서를 익히게 될 것이다. 이렇게 부모의 잘못된 행동은 아이에게 나쁜 본보기가 되어, 아이는 올바른 품행보다 먼저 그릇된 행동을 학습한다. 결국 아이는 부모의 그릇됨을 원망하게 될지 모른다.

어리석고 제멋대로인 어른들이여, 들어보라. 여러분은 자신의 과거 어리석은 행적을 아내와 딸, 하인들 앞에서 자랑하듯 늘어놓으며, 그런 음담패설과 부끄러운 과거를 마치 자랑거리인 양 말하고 있다. 이런 행동을 지켜보는 아이들은 자연스럽게 부정한 가치관과 행동양식을 물려받는다. 그리하여 아이들은 선과 덕을 배우기보다 죄악과 음탕한 말, 경박한 행동을 먼저 익히게 된다.

부모나 어른이란, 본래 훌륭한 모범을 보임으로써 아이들이 선량한 길로 나아가게 해야 하는 존재다. 그러나 어리석은 아버지나 어머니는 스스로 무절제한 삶을 살면서, 아이들에게 "방탕한 삶"을 가르치고 있는 셈이다. 아버지가 도박에 빠지면, 아들도 도박을 배운다. 아버지가 부정하고 악한 행위를 자행하면, 아이도 그러한 삶을 답습하게 된다. 집안의 질서와 품격은 순식간에 사라지고, 아내와 자녀, 하인들까지도 모두 그릇된 길을 좇는다. 말하자면 늙은 수탉이 뒤틀린 소리를 내면, 어린 수탉도 그 소리에 맞춰 음습하게 울게 되는 것과 같다.

"아이는 부모의 거울이다"라는 옛 속담이 있다. 부모의 버릇이 악하면 자식도 악하게 된다. 부모가 자녀 앞에서 나쁜 일을 무용담처럼 떠벌린다면, 자녀는 이를 당연한 가치로 여기게 된다. 법을 어기고 부정한 방법으로 이익을 취하는 것을 아들이나 딸이 본받지 않으리라는 보장이 어디 있는가?

정말로 후손의 번영과 행복을 바란다면, 먼저 부모 자신이 자신의 악습을 끊어야 한다. 어른이 먼저 신중하고 정직하게 절제 있는 삶을 살아야 아이도 바른 행동을 따를 것이다. 그러나 지금 많은 부모들은 자신의 비뚤어진 모습을 전혀 고치지 않은 채 아이들에게 그 왜곡된 삶을 그대로 물려주고 있다. 이 얼마나 어리석은가!

이런 상황이 오래 지속된다면, 하늘의 징벌을 피하기 어려우리라. 자녀에게 나쁜 예를 보이는 부모는, 자신의 죄가 미래 세대에까지 이어져 대를 망치는 결과를 가져올 수 있음을 명심해야 한다. 호랑이가 양 새끼를 낳지 못하고, 포악한 맹수가 온순한 짐승을 기를 수 없는 이치와 같다. 어리석은 부모 밑에서 어진 자식을 구하기란 어려운 일이다.

    부모가 올바르고 덕 있는 자세로 집안을 다스린다면, 아이도 올바르게 자랄 수 있다. 이 진리는 옛 철학자들의 가르침에도 명확히 드러나 있다. 부모가 고집스럽게 악에 물든다면, 자식들도 그 악습을 고스란히 물려받게 된다. 고질적인 잘못은 고치기 어렵다. 그러니 부모 된 자는 하루라도 빨리 자신의 어리석음을 깨닫고 올바른 길로 돌아서야 한다. 오직 그때에야 자녀를 선한 길로 인도하고, 가문과 나라에 이롭고 자랑스러운 후손을 길러낼 수 있을 것이다.

마흔일곱 번째 바보

육욕에 빠진 자

이 세상에서 육체적 쾌락과 정욕적 즐거움에 탐닉하는 사람들을 보라. 이들은 한낱 순진한 양처럼, 때로는 굴복한 황소나 새처럼 눈먼 욕망의 덫에 걸려 아무런 저항도 못 하고 희생당한다. 많은 어리석은 이들이 단지 무지와 단순함으로 인해 이 덫에 빠지며, 또 다른 이들은 강한 속박 아래에서 이 음탕한 기쁨을 누리다가 결국 중한 고통을 당한다.

이들은 영혼에 대한 생각은 조금도 없이, 오직 육체적 쾌락에만 몰두하고 있다. 이 부끄럽고 어리석은 쾌락을 어찌 비유할까? 그것은 탐욕스럽고 가식적인 인간과 다를 바 없다. 그러한 인간은 거리 한복판에 자리 잡고 지나가는 이들을 유혹한다. 머리를 번지르르하게 치장하며, 사람들의 욕망을 자극한다. 그러면 순진한 젊은이들, 원래는 악행을 모르던 자들까지도 그 유혹에 빠져든다.

그 유혹의 방으로 들어서는 순간, 천한 미끼 밑에 숨겨진 죽음의 갈고리에 걸려든다. 그러한 인간은 자신의 영혼을 팔아 돈과 재물을 얻으려 할 뿐이다. 그러나 이 거래는 결코 이롭지 않다. 영혼은 타락하고 몸은 더러워지며, 결국 아무 소득 없이 모든 것을 잃고 만다.

이 어리석음에서 빠져나오고 싶다면, 내 말을 잘 들어보라. 육체적 쾌락은 영혼을 지옥으로 떨어뜨리고, 지혜를 마모시키며, 이성과 정신을 황폐하게 만든다. 결국 가진 재산까지 탕진하게 되고, 수단이 끊기면 남의 것을 훔치게 되며, 악행의 늪에 빠지게 된다. 더욱이 이러한 부정한 욕망은 신체적 건강에도 해로워 더러운 냄새와 병을 불러올 뿐이다.

설령 이 육체적 쾌락이 순간 달콤하고 기분 좋게 느껴질지라도, 그 향락은 한순간에 사라지고, 뒤이어 오는 영원한 고통이 기다리고 있다. 후회와 고통, 그리고 끝없는 비참함만이 남을 것이다. 따라서 세속적 부와 쾌락에 마음을 두지 말라. 그것들은 불안정하고 덧없어 시시각각 변한다.

이 세상에서 현명한 자는 감각적 쾌락에 함몰되지 않고 자제하여 영원한 생명과 복락을 얻는다. 지혜롭게 육체적 욕망을 다스리는 이는 영원한 생명을 누리며, 궁극적으로 신의 영광을 볼 수 있으나 그 길로 나아가지 않는 어리석은 이는 결국 치욕스러운 비참함에 빠져들고 만다.

옛이야기를 하나 들자면, 사르다나팔루스*라는 군주가 있었다. 그는 한껏 육체적 정욕에 빠져 지냈고, 죽음 후 다른 세계가

---

* 고대 그리스 작가 크테시아스의 역사서에 따르면 아시리아의 마지막 왕이다. 프랑스 낭만주의 화가 외젠 들라크루아가 〈사르다나팔루스의 죽음〉(1827)이라는 작품을 남기기도 했다.

없다고 믿으며 선과 정의를 등졌다. 신께서는 그의 비뚤어진 삶을 보시고, 결국 그의 몸과 영혼을 갈라놓고, 그를 지옥의 고통 속으로 떨어뜨리셨다. 이는 분명한 교훈을 준다. 우리가 육체적 쾌락에만 탐닉한다면, 그 끝은 독이요 쓴맛이며, 파멸뿐이라는 점이다.

현명한 사람들은 쾌락의 덫을 피하고, 정욕의 쓴 뿌리를 잘라내어 덧없는 쾌락 대신 참된 지혜와 선을 추구한다. 왜냐하면 진정 어리석은 자만이 이 음탕한 욕망 속에 머물며 영혼과 몸, 모든 것을 잃어버리기 때문이다.

마흔여덟 번째 바보

비밀을 지키지 못하고 누설하는 자

많은 사람들이 수다스러운 말과 부주의한 언어로 인해 비밀을 지키지 못하는 경우를 자주 본다. 그들은 자신의 모든 계획과 의도를 공개적으로 드러내어, 종종 살인, 증오, 불화와 같은 큰 해악을 초래한다. 나중에 후회할 수도 있지만, 때는 이미 늦었다.

그런 사람은 분별력이 부족한 천성적인 바보다. 그들은 자신의 비밀을 아내와 다른 모든 사람에게 털어놓음으로써, 과거의 일과 미래의 계획을 노출하고 스스로 갈등을 일으킨다.

역사상 가장 강한 남자였던 삼손을 생각해 보라. 그의 몰락은 델릴라에게 비밀을 털어놓은 그의 어리석음 때문이었다. 델릴라는 그를 배신하여 힘을 잃게 하고, 결국 목숨을 잃게 했다. 만약 그가 비밀을 지켰다면, 명예롭게 살 수 있었을 것이다.

현명한 왕이었던 암피아라오스도 사악한 아내에게 계획을 털어놓아 비극적인 최후를 맞았다. 그는 테베 원정에 참여하지 않겠다는 자신의 계획을 아내 에리필레에게 털어놓았는데, 하르모니아의 목걸이에 매수된 그녀는 남편에게 참전을 종용해 그를 죽음에 이르게 했다. 그는 테베를 오랫동안 방어했음에도 불구하고, 그 자신의 말로 자신의 멸망을 초래했다.

현명한 사람은 아무 생각 없이 비밀을 떠벌리는 바보들을 조심해야 한다. 그런 사람들은 지혜와 이성이 부족하다. 그들이 자신의 비밀도 지키지 못하는데, 어떻게 다른 사람의 비밀을 지킬 수 있겠는가?

다른 사람의 비밀을 캐낸 뒤 폭로하는 아첨꾼들도 피해야 한다. 마찬가지로, 부와 사랑, 권력을 자랑하는 사람들도 종종 속임수를 쓴다. 그들은 말을 왜곡하여 해를 끼치므로, 그들에게 비밀을 털어놓지 말라. 비밀을 지키고 싶다면, 아무에게도 말하지 말라. 악한 아내에게 계획을 털어놓아 비극적인 운명을 맞은 아합 왕의 사례가 바로 그 경고다.* 현명한 사람은 마음속에 비밀을 간직하여 고통을 피하고, 안전한 삶을 산다.

마음속에 비밀을 간직한 사람이여, 그것을 굳게 지키고 밖으로 새어 나가게 하지 말라. 비밀을 드러내는 자는 큰 불안을 겪게 되므로, 친구에게조차 네 마음을 나누지 말라. 왜냐하면 흔히 그렇듯이 그가 너를 배신하게 되면, 그는 네 비밀을 폭로하여

---

*   아합은 이스라엘 북왕국의 7대 왕으로, 이세벨이라는 악독한 왕비를 두고 있었다. 아합이 저지른 가장 큰 잘못 중 하나는 나봇의 포도원을 빼앗으려 했던 일이다. 그는 나봇의 포도원이 자신의 궁전 옆에 위치해 있어 자신의 텃밭으로 삼고 싶어 했다. 하지만 나봇은 조상 대대로 물려받은 땅을 절대 팔 수 없다고 거절했다. 심통이 난 아합은 이런 사실을 아내 이세벨에게 털어놨고, 그녀는 악독한 계략을 꾸며 나봇이 군중에게 붙잡혀 돌에 맞아 죽게 했다. 나봇의 포도원은 아합의 손에 들어갔지만, 예언자 엘리자가 그를 찾아가 그의 후손들에게 큰 재앙이 닥칠 것을 예언한다.

너에게 고통을 가져다줄 수 있기 때문이다. 역사가 흔히 보여주듯, 네 어리석음이 큰 슬픔으로 이어질 수 있다.

마흔아홉 번째 바보

늙은 아내를 부만 보고 맞이하는 젊은 남자

우리 배에 탑승한 또 다른 부류의 어리석은 이들이 있다. 그들은 자신이 아직 젊음과 활력을 지녔음에도, 오직 재물과 재산만을 보고 나이가 많은 이를 배우자로 맞이하는 이들이다. 그러나 이러한 결혼은 결코 바람직한 결실을 보지 못하고, 애정과 결혼의 진정한 의미를 잃은 채 분쟁과 괴로움 속에서 삶을 마감하는 경우가 많다.

옛 속담에 따르면, 누추한 곳에서도 기름기를 찾으려는 이가 있듯이, 이들은 재물을 얻기 위해 연장자를 배우자로 맞이해 자신의 청춘과 삶을 갉아먹는다. 이런 결혼 생활에는 희망도, 진정한 애정도, 미래를 이을 자식에 대한 기대도 없다. 오직 재물만이 부부 사이를 겨우 이어주는 덧없는 고리일 뿐, 그 사이에는 사랑도 설렘도 없다. 결국 하루하루 다툼과 미움, 원망 속에 살며 스스로 만든 덫에서 빠져나오지 못하게 된다.

재물이 많다는 이유만으로 맞아들인 배우자는 시간이 지날수록 상대방에게 늘 '가진 것'만 들먹이고, 한편으로 젊은 쪽에서는 애초에 사랑 없이 재물에만 기대어 들어온 배우자에게서 안정을 찾기 어렵다. 재물이 많으면 무엇하겠는가? 그 기쁨은 잠시일 뿐, 참된 행복은커녕 극심한 괴로움과 공허함 속에 가라

앉고 만다.

이러한 결혼은 결코 오래 평온하지 않다. 순간적인 탐욕이 가져다주는 것은 끝없는 다툼과 고민뿐이다. 나이와 성격, 그리고 권위의 차이로 한쪽이 다른 쪽을 몰아붙이면, 상대는 반항할 힘조차 잃게 된다. 그 사이에서 배우자는 재물을 헛되이 소모하고, 남는 것은 허무와 후회뿐이다.

사실 결혼이란 상대의 가문이나 재산보다 먼저 인품과 미덕을 살펴봐야 할 관례다. 그러나 언제부턴가 사람들은 상대방의 재산만 묻는다. 고결한 성품, 진실한 사랑, 함께 미래를 걸어갈 인연을 찾기보다는 재물이 많으면 기꺼이 딸이나 아들을 시집·장가보내며, 당사자들 또한 재물만 좇아 배우자를 선택하는 어리석음을 범하고 있다. 이런 결혼이 과연 안정과 행복을 가져올 수 있겠는가?

만약 한 사람이 재물을 얻기 위해 훨씬 나이 많은 이와 결혼한다면, 머지않아 이 불균형한 결합의 결과를 절실히 깨닫게 될 것이다. 육체적 욕망과 활력이 가장 넘쳐 날 시기에, 한쪽은 이미 그 시기를 지나 있다. 결핍을 느낀 쪽은 본능적 욕구를 해소하기 위해 다른 곳으로 눈을 돌릴 수밖에 없고, 그로 인해 가정은 갈등과 분노로 가득 차게 된다.

끝내 이들은 자신의 어리석음을 인정하게 된다. 재물을 위해 사랑 없는 결혼을 선택한 대가로, 평생 불화와 고통을 감내해야 한다. 설령 재산을 손에 넣었다 할지라도, 참된 사랑도, 성실한 배우자도 없이 사는 삶은 결국 자기 자신을 노예 상태로 몰아넣는 것이나 다름없다.

쉰 번째 바보

시기심에 사로잡힌 자

아직도 많은 바보들이 있다. 이들은 다른 이의 불행에서 크나큰 기쁨을 느낀다. 그것은 바로 부정한 시기심에서 비롯되는데, 이들은 공정하지 못하게 남을 헐뜯고, 그런 시기의 화살들은 온 세상을 날아다닌다. 시기심의 깃털은 날아갈수록 늘어나 멈출 줄 모른다. 세상 어떤 지위나 신분도 이 치명적인 시기심으로부터 안전하지 못하다. 이 시기의 씨앗은 마치 끝없이 퍼져나가 영원히 번식할 태세다.

    이 시기심은 많은 바보들을 악의로 몰아넣는다. 그들은 다른 이의 재산, 명예, 지위를 보며 이를 질투하고, 상대방이 손해를 입으면 내심 기뻐한다. 시기심은 분노한 마음속에서 자라나며, 자신의 둥지를 스스로 파괴하면서도 다른 이들이 편안히 살지 못하게 만든다. 누구든 풍부한 재물이나 높은 위상을 누리면, 이 시기심 많은 바보들은 그를 미워하고, 그의 재능이나 노력은 무시한 채 차라리 굶어 죽기를 바란다. 정작 자신들은 그 지위를 차지할 능력이 없음에도 말이다.

    이런 바보들은 불법적이고 부당한 방법으로라도 남의 것을 얻고자 한다. 아첨이나 힘으로 빼앗지 못하면 거짓된 악의로 그를 비방하고, 덕행으로 좋은 평판을 얻은 사람마저 시기로 깎아내린다. 분노에 눈이 먼 그들은 누구도 사랑할 수 없게 된다.

시기의 상처는 치명적이며 치료 불가능한 독과 같다. 시기심에 사로잡힌 자는 한 사람에게 복수하거나 그를 해치기로 마음먹으면, 그 계획이 완성될 때까지 조금의 안식도 찾지 못한다. 어떤 달콤한 즐거움도 그 악의를 몰아낼 수 없다. 시기는 혐오스러운 악덕으로, 사람의 심신을 파괴한다. 한 번 뿌리내리면 그 사람은 야위고 창백해지며, 생기 없는 얼굴과 사나운 눈빛, 거짓된 말만 남는다.

요셉의 이야기를 생각해 보라. 그의 형제들은 사랑 대신 냉혹한 눈으로 요셉을 바라보았고, 기회만 된다면 기꺼이 그를 죽이려 했으리라. 역사에는 시기로 인해 지위나 생명을 잃은 이들이 너무 많아 모두 열거할 수 없을 정도다.

시기심 많은 바보들은 악의로 가득 차, 기쁨이나 위안을 찾지 못한다. 그들은 결코 웃지 않는다. 다만 누군가 재물을 잃거나 배가 침몰하거나 집이 불타 무너질 때, 혹은 다른 이가 수치를 당할 때만 비열한 미소를 띨 뿐이다. 하지만 이들이 남을 갉아먹는 동안, 시기는 그들 자신의 마음을 좀먹어 결국 스스로를 파괴한다.

에트나산*이 영원히 불타오른다 해도 자기 자신만 태우고

---

*   이탈리아 시칠리아섬 동부 메시나와 카타니아 근처에 있는 화산으로, 유럽에서 가장 높은 활화산이다.

다른 것을 해치지 않는 것처럼, 시기심이 강한 이들은 자기 심장과 영혼을 불태울 뿐이다. 그들은 남에게 치욕을 주고 손해를 끼치려 애쓰지만, 결국 그 악의가 돌아와 자신을 망가뜨리고, 수치와 큰 손해, 고통을 안겨준다.

이 악의적 시기는 형제들 간에 반목을 만들기도 한다. 로물루스와 레무스는 로마를 세웠으나, 시기심이 그들 사이에 자라나 한쪽이 다른 한쪽을 살해했다. 카인과 아벨도 마찬가지다. 카인은 시기심 때문에 아벨을 죽였고, 그 대가로 큰 고통과 비참한 운명을 맞았다. 아트레우스, 테세우스, 에테오클레스와 그의 형제들 등 시기심으로 인해 서로를 죽이는 형제들의 이야기는 끝도 없이 이어진다.

이렇게 시기심은 인류 역사 속에서 무수한 비극을 일으켰다. 결론은 분명하다. 시기는 남을 해치려고 하지만, 결국 자기 자신을 태우는 불길이다. 그것은 죽을 때까지 안식을 얻지 못하는 지독한 독이며, 형제마저 원수로 돌린다. 시기심에 사로잡힌 자에게는 이 세상 어디에서도 평온한 삶이 허락되지 않는다.

쉰한 번째 바보

꾸지람을 못 참고
스스로 기회를 걷어차는 자

우리 바보들의 배에는 또 한 명의 바보가 있다. 그는 오히려 어리석은 피리 소리에서만 더 큰 즐거움을 느끼며, 하프나 류트* 같은 더 아름답고 고운 선율의 악기에는 관심이 없다. 사실 세상에는 이런 부류의 바보들이 헤아릴 수 없이 많다. 그들은 자신의 어리석은 장난감에 모든 위안을 두고, 바보는 금을 주어도 자신의 허튼 장난감을 내주지 않는다는 옛말을 몸소 보여준다.

    이러한 자들이 저지르는 가장 크고 어리석은 죄는, 자신이 죄를 지었음에도 조금의 꾸지람이나 조언마저 거부하는 것이다. 현명한 이라면, 누군가 친절히 충고하면 그것을 받아들이고 거기에 자신의 지혜를 더할 것이다. 그러나 이 어리석은 이들은 파멸의 길로 달려가면서도, 아무리 친절한 충고를 해도 들으려 하지 않는다. 마치 자기의 어리석은 피리 소리에만 귀를 기울이고, 그 밖의 아름다운 음률은 모두 거부하는 꼴이다. 이 바보들은 채찍 한 대 맞는 고통조차 견디기 싫어하며, 교정을 위한 벌도 참아내지 못한다. 어리석은 자들에게 가장 즐거운 음악은, 바로 자기 어리석음 그 자체뿐이다.

*   현악기의 하나로, 만돌린과 비슷한 모양에 6~13개의 줄이 달려 있고, 줄 감는 부분이 뒤로 꺾여 있다. 손가락이나 픽으로 퉁겨서 연주한다.

이러한 광기 어린 바보들은 아무리 작은 것이라도 어떠한 벌이나 징계도 참아내지 못한다. 아무리 선한 의도로 타이르고 권면해도 소용없다. 그들은 지혜를 전혀 들으려 하지 않고 도망치며, 그 결과 세상에는 현명한 이들보다 어리석은 이들이 훨씬 더 많아진다.

인간이여, 네가 어떤 존재인지 기억하라. 너는 흙과 진흙으로 빚어졌으며, 너의 날들은 짧아 언젠가 이 세상을 떠나야 한다. 그럼에도 불구하고 너는 신의 형상을 따라 창조되었고, 너에게는 이성이 부여되었으니, 이를 통해 짐승 이상의 지위를 누릴 수 있다. 신께서는 네게 이성과 지혜를 주어, 어리석음을 물리치고 선을 추구하게 하셨다. 그렇다면 이성을 저버리고 지혜를 남용하지 않는 것이 얼마나 중요한가!

자유인이든 종이든, 한 사람이 죄를 범하고 나서도 겸손히 교정받으려 한다면, 모두가 그 사람의 순종을 칭찬할 것이다. 그러나 교만과 오만으로 잘못을 끝까지 변명하고 죄를 정당화한다면, 지상에서 교정받지 않은 죄로 지옥에서 가혹한 형벌을 받을 것이다.

교정과 징계는 네게 지혜로 이르는 길을 열어줄 것이다. 지혜는 이 세상의 어떤 재물보다 귀한 것. 그런데도 네가 신분이나 출신을 자랑하고, 재산이나 미모를 자랑한다면, 그것들이 때로 불행의 원인이 되기도 할 것이다. 모든 선은 지혜와 분별력에서 오며, 현명한 자가 참으로 가장 부유하고 강력한 자다. 현자의 말을 듣고 마음에 새겨라. 현자의 날카로운 꾸지람 한 번으로 깨우침을 얻는 것이, 어리석은 자의 아첨으로 어리둥절해지는 것보다 훨씬 낫다.

비록 징계가 처음엔 괴롭고 쓰게 느껴질지 몰라도, 그 끝에는 유익이 기다린다. 그렇기에 올바르게 살며 지혜를 구하는 이에게는 두려움 없이 종말을 맞을 준비가 되어 있다. 특히 어릴 때부터 올바른 법에 따라 교정받고 성장한 사람은 신의 규율 속에서 유익을 얻고, 영혼의 평온과 내세의 복을 바라며 살아갈 수 있다.

그러나 우리가 이야기하는 이 바보들처럼, 꾸지람을 불쾌하게 생각하고, 이 삶에서의 교정과 개선을 거부한다면, 그들은 다음 생에서 끝없는 고통을 받으며 계속 교정받을 수밖에 없다.

쉰두 번째 바보

이론 없이 실무만 좇는 어리석은 의사

자신이 의술을 행할 자격이 전혀 없으면서도, 병든 이를 고치겠다고 나서는 바보들이 있다. 이런 이들은 병자의 건강을 회복시킬 만한 지식이나 학문적 토대, 원리, 혹은 제대로 된 의학 이론을 갖추지 않았으면서 오로지 감각적 경험에만 의존한다. 그 결과 고통에 시달리는 환자들을 치유하기는커녕 도리어 더 큰 피해를 입힐 수 있으며, 환자의 목숨을 담보로 재물만 노린다. 이들은 식물이나 약재의 올바른 용법도 모른 채 함부로 처방을 내린다. 그러면서도 자신을 의사로 칭하고, 교활하게 보수를 탐한다.

세상에는 이런 식으로 의사라 자처하는 바보들이 적지 않다. 이들은 마을마다 돌아다니며 환자를 진찰하지만, 실상 아무런 학식 없이 그저 어떤 허브나 잡초 하나의 효능만 믿고, 그 한 가지로 온갖 병을 치료할 수 있다고 뻔뻔하게 주장한다. 정작 그 허브가 어떤 작용을 하는지, 어떤 체질, 어떤 별자리나 천문학적 조건과 연관이 있는지 전혀 신경 쓰지 않는다. 환자가 중증으로 당장 죽을 것 같아도, 그들은 "이 병은 불치가 아니다"라고 속이며 돈을 먼저 받는다. 그리고 나서야 "내가 책을 좀 보고 오겠다" 하며 돌아가지만, 그 사이 환자가 죽으면 어쩔 도리가 없다.

이것이 바로 그들의 어리석음이다.

그들은 의학 이론을 모르니, 의술의 핵심과 원리를 이해하지 못한다. 단지 한두 종의 허브를 전부로 여기며, 히포크라테스, 갈레노스, 아비센나, 메수에 등 옛 대가들의 의학 서적은 물론, 포달레이리오스* 같은 이름에조차 관심을 두지 않는다. 자기들이야말로 이론적 토대를 가볍게 여기며, 집 앞에서 캐낸 풀 한 포기로 만병통치약인 양 행동한다. 이들은 경험만을 믿고 이리저리 끼어들며, 사실상 늙은 아낙네들이나 황당한 주술사와 다를 바 없는 수준으로 치료에 나선다. 결국 환자는 병을 키워 사망하거나 더 심해진 상태가 되어 무의미한 돌팔이 처방에 휘둘리다 목숨을 잃기도 한다.

이런 돌팔이들은 주로 "이 한 가지 약초로 모든 병을 다 치료할 수 있다"라고 주장하거나, 남녀노소 가리지 않고 똑같은 약을 쓸 수 있다고 큰소리친다. 별자리나 천문, 환자의 성별이나 나이, 체질은 전혀 고려하지 않는다. 약이 너무 차갑거나 뜨거워 환자에게 해를 끼치면, 그때는 마치 주술사처럼 주문을 외거나 이상한 술수를 부린다. 하지만 이는 환자를 치료하기보다 더 큰 악영향을 미칠 뿐이다.

---

* 그리스신화에 나오는 의술의 신으로, 아스클레피오스의 아들이다. 형 마카온과 함께 트로이전쟁에 참여하여 전사와 의사로서 뛰어난 활약을 했다.

의사라는 이가 어찌 한 가지 연고나 반창고로 모든 상처를 치료할 수 있다고 말하는가? 이는 마치 법률을 전혀 모르는 자가 변호사 흉내를 내며 모든 사건을 맡겠다고 설치는 꼴과 다르지 않다. 의사나 변호사나 둘 다 비슷한 병폐를 보인다. 한쪽은 병자를 속여 그 돈을 빨아먹고, 다른 한쪽은 의뢰인의 금전을 서서히 갈취한다. 둘 다 상대방이 더 이상 줄 것이 없을 때, 한쪽은 환자를 죽음으로, 다른 한쪽은 의뢰인을 거지로 내몬다.

　하지만 여기서는 의사 이야기에 집중하자. 변호사 이야기는 이미 했으니, 다시 들추지 않겠다. 문제는 제대로 된 의학 이론 없이 경험만 믿는 어리석은 의사들이다. 이들은 때로 사람을 죽이면서도 살인죄로 기소되지 않는다. 왜냐하면 의사가 환자를 죽여도, 그것이 의료 과실인지, 불가항력적인 일이었는지 규명하기 어렵기 때문이다. 그러나 누구든 진짜 의학을 모른 채 '의사'라 칭하며 환자에 손대는 것은 정말 수치스러운 행위다. 그러니 제발 학문을 익히고 이론을 습득하라. 그렇지 않으면 네 "어리석은 의학"이라는 가면을 벗기 힘들며, 영영 돌팔이 바보로 남을 것이다.

　결론적으로, 이론 없이 경험만으로 의술을 행하려 하지 말고, 제대로 된 의학 원리와 의학 지식을 갖추어라. 그렇지 않으면 너는 환자의 생명에는 관심을 두지 않고 보수만 받는 어리석은 돌팔이로 남아, 진정한 '의사'라는 이름에 걸맞은 행위를 하지 못할 것이다.

쉰세 번째 바보

세속적 권위와 명예를 맹신하는 자

이 땅 위에 어느 누구도, 그 지위가 아무리 높고, 부나 학식이 아무리 출중하다 해도, 결국에는 모두 사라진다. 그 누구도 죽음을 피할 수 없으며, 죽음의 두려운 그림자 앞에서는 어떤 방어도 소용없다. 죽음은 세상의 모든 것을 끌고 가며, 이는 모든 세속적인 것들의 마지막 모습이다. 따라서 인간이 누리는 행운이나 권세는 본질적으로 불안정하고 불확실하다.

오, 정신이 흐려지고 눈이 먼 존재들이여! 나는 너희가 헛된 권력과 불안정한 신분에 매달려 있는 것이 참으로 신기할 따름이다. 너희는 마치 너희의 생명이 영원히 지속되고, 시간이 영원히 계속될 것 같이 이 세속적 명예에만 몰두한다. 매일 더 높은 지위를 얻으려 애쓰고, 때로는 부정한 방법으로 권력을 키워나가며, 가난하고 힘없는 이들을 억압한다. 너희의 마음은 오직 지상의 재물에 젖어 있고, 더 높은 자리로 오르려는 열망에 사로잡혀 있다. 마치 삶이 영원할 것처럼.

그러나 율리우스 카이사르를 보라. 그는 세상을 제패하듯 많은 왕국을 정복하고 제국의 통치자로 군림했지만, 그 힘과 부유함은 오래가지 않았다. 더 높이 오르려던 순간, 무자비한 죽음이 그를 덮쳐 결국 허무하게 끝나고 말았다.

다리우스도 마찬가지다. 그는 페르시아의 강력한 통치자로서 부와 영예가 넘쳤지만, 자신의 영토에 만족하지 못하고 인접 왕국들을 탐내다가, 역량이 미치지 못하자 자기 왕국도 잃고 비참한 최후를 맞았다. 부와 권세를 더하기 위해 탐욕을 부리다 결국 파멸에 이른 것이다.

크세르크세스 역시 풍요와 평화를 한때 누리며, 자신의 지위에 만족하는 동안은 즐거웠다. 하지만 멈추지 않고 전쟁을 벌여 더 큰 소유를 얻으려 했을 때, 그는 모든 것을 잃고 최종적으로 몰락했다. 바빌론의 왕 느부갓네살 역시 불안정한 운명에 믿음을 두고, 자신을 신처럼 숭배하도록 명령하다가, 신의 힘 앞에서 겸손하지 못한 죄로 짐승처럼 전락했다. 결국 세월이 지나 그는 비참한 결말을 맞이했다.

알렉산더 대왕도 세계를 거의 제패했지만, 그도 결국 모든 것을 두고 떠나야 했다. 세속적 권력으로도 죽음 앞에서는 아무것도 할 수 없었고, 결국 평범한 사람처럼 생을 마감했다. 크로이소스 왕 역시 막대한 재산에도 만족하지 못하다가 운이 꺾이고 실패했으며, 사이러스도 목숨을 잃으며 허무한 결말을 맞았다.

로마, 카르타고, 미케네, 예루살렘, 티레, 트로이 등 한때 찬란했던 도시와 제국들도 지금은 옛 모습을 잃고 사라졌다. 세상 어디를 둘러보아도, 그 옛 번영을 그대로 유지하는 곳은 없다. 결국 한마디로 정리하면, 이 세상의 모든 것, 즉 영예, 권력, 재화, 도시, 제국 등은 언젠가는 반드시 끝을 맺는다.

따라서 세속적 명예와 권력, 불안정한 운명에 의지하는 것은 어리석은 일이다. 결국 모든 것은 사라지고, 영원한 것은 없다.

쉰네 번째 바보

미래가 정해져 있다고 믿는 자

만약 어떤 사람이 아직 노력하지 않았고 그럴 자격도 없으면서, 마치 신으로부터 아무런 이유 없이 보상받으려 하거나, 약한 갈대에 몸을 기대어 마치 안전하고 든든한 지지대라도 얻은 양 착각한다면, 그는 분명 헛된 희망을 품고 살아가는 바보다. 결국 그는 가재를 타고 거꾸로 나아가는 꼴이 될 것이며, 비둘기의 울음소리를 따라가겠다고 외치면서도 목표한 바를 결코 이루지 못할 것이다.

 하늘과 창공, 그리고 땅과 바다 등 신이 만드신 모든 창조물을 그분이 어떤 식으로 형성하셨는지, 그리고 그의 신성의 기원은 어디에 있는지 파고드는 것은 인간에게 허용되지 않은 일이다. 그러나 어떤 어리석은 이들은 이런 신비를 파헤치려 들며, 신께서 인류와 천상의 비밀을 어떻게 정하셨는지 궁금해한다. 이들은 인간 생명의 시작과 끝, 그리고 신께서 각각의 삶에 정해둔 운명을 지나치게 캐려고 한다. 결국 이들 중 다수가, 신께서 누구를 구원하고 누구를 멸망시키실지에 대해 미리 결정하셨는지 궁금해하며, 이를 끝없는 고민과 논쟁 주제로 삼는다.

 나는 여기에서, 성경을 제대로 읽은 적도 없이 단지 학교에서 잠시 공부했다는 이유만으로, 또는 책의 제목만 겨우 아는 정도임에도 자신의 지혜를 과대평가하는 어리석은 이들을 비난하고자 한다. 이들은 거만하게도, 모든 성경 구절과 교리를 자기 입맛대로 해석하려 든다. 명확하고 완전한 진리를 자신들의 왜곡된 공상으로 훼손하고, 그 결과 치명적 이단을 낳는다. 그들은 성경 본문과 상충하는 해석을 가하며, 신의 말씀을 있는 그대로 수용하지 않는다.

이런 어리석은 자들은 경솔하게도 신의 비밀을 파헤치고, 이렇게 말하기도 한다. "인간이 자신의 행동이나 삶의 방식을 바꿀 수 없다면, 그것은 이미 신께서 정한 운명(예정)에 달린 것이 아니겠는가?" 즉 어떤 이는 처음부터 신께서 천국의 자리로 예정해 두셨기에 착하게 살며 축복을 받을 수 있고, 또 다른 이는 처음부터 지옥의 어둠에 던져질 운명이라 악하게 살며 비난을 받는다. 설령 노력을 한다 해도, 그 예정된 결과를 바꿀 수 없다고 주장한다. 그러나 이는 어리석은 주장이다.

그대여, 신께서는 전능하고 지혜로우시며, 공정하게 각자에게 행한 대로 갚으신다. 착하고 선한 삶을 산 이는 신의 기억 속에 남아 천상의 보상을 받는다. 반면 악한 삶을 산 자는 응당한 벌을 받는다. 따라서 네가 진정 신의 은총을 믿고 선하게 산다면, 불길한 운명 따위가 네게 자리 잡을 리 없다. 신께서는 모든 인간을 영원한 기쁨으로 부르시며, 누구를 지옥에 던지려고 작정하고 만들지 않으셨다. 단지 우리가 스스로 허튼 길로 빠져

들어 신을 저버리고 악에 물들 때, 스스로 파멸의 길로 들어설 뿐이다.

그러므로 어리석은 언사를 거두어라. 신께서는 모두를 천국으로 초대하셨다. 우리는 한 재료(진흙)로 빚어진 그릇처럼 동일한 출발점을 가졌고, 신께서는 우리에게 자유의지와 이성을 주어 올바른 길을 선택하도록 하셨다. 어떤 그릇은 가마에서 잘 구워져 쓸모 있게 되고, 어떤 그릇은 깨지거나 뒤틀린다고 해서, 도공(신)을 탓할 순 없다. 신께서는 누구도 처음부터 파멸의 길에 들도록 정하지 않으셨다.

살아 있는 동안, 우리는 이성과 자유의지를 통해 신의 법을 지킬 기회를 얻는다. 신의 말씀을 좇으며 덕을 실천한다면, 천상의 모습을 볼 수 있다. 그러나 네가 스스로 악에 빠지고 신의 뜻을 거부한다면, 무슨 낯으로 구원을 바라겠는가? 결국 우리의 어리석음과 죄가 스스로를 지옥으로 이끈다.

쉰다섯 번째 바보

자기 일도 못하면서 남의 일에 참견하는 자

만약 누군가 자기 집이 불타고 있는데도, 그 불을 끌 생각은 안 하고 물을 들고 다른 사람 집의 불부터 끄러 달려간다면, 그는 분명 어리석은 자다. 그런 자에게는 어리석은 피리나 뿔 나팔을 쥐여주어, 우리 바보들의 배에 함께 태울 것이다.

우리 배 안에 또 다른 자리가 한 칸 필요하다. 그 자리는 바로 남을 위한 이익과 편의를 위해 온 힘을 쏟으면서, 정작 자기 자신의 일은 내팽개치는 이들을 위한 것이다. 이들은 자기 자신을 위해서는 전혀 신경 쓰지 않고, 항상 다른 누군가의 일을 더 중요한 듯이 챙기며, 자신의 업무와 책임은 뒤로 미루고 있다.

이런 물색없고 어리석은 이들은 자기 일을 게을리하면서도, 남의 일을 챙길 때는 눈을 부릅뜨고 열심히 몰두한다. 결과적으로 자기 이익을 추구할 기회는 잃어버리고, 다른 사람의 이익을 위해 헛되이 시간을 소비한다. 그렇기에 나는 이 바보들의 엉뚱한 행태를 책망하고자 한다. 혹시라도 이 글을 본다면, 그들은 깨달을 것이다. 인간은 무엇보다 자기 자신의 유익을 먼저 돌보는 것이 자연스럽고도 당연한 순리라는 사실을.

참된 사랑과 자비는 자기 자신부터 시작해야 한다. 자기 이익을 확보한 뒤, 남을 돕는 것이 이치에 맞는다. 위대한 철학자와 현자들은 이 점을 가르쳐 왔고, 경전에도 그러한 원리가 담겨 있다. 테렌티우스*와 구약성서 모두 우리에게 먼저 자기 자신을 돌보라고 가르친다. 그러고 나서 여력이 있으면 이웃을 도와야 한다.

만약 누군가 남의 일에만 골몰하고 자기 문제를 방치한다면, 훗날 불운이 닥쳤을 때 후회만 남을 것이다. 먼저 자신의 이득을 챙기고, 그다음에 다른 이들을 도와야지, 그 반대로 하면 결국 자기 일은 망치고 말 것이다. 마치 돈을 걸고 하는 게임에서 상대 패만 들여다보고 정작 자신의 패 관리는 소홀히 하는 꼴과 같다. 그렇게 하면 성공하기 어렵다.

자기 집에 불이 났는데도, 다른 집 불부터 끄기 위해 달려가는 자를 생각해 보라. 그의 집은 전소되고, 그는 아무런 보상도 받지 못한다. 이는 자신에게 엄청난 손해를 초래하면서도, 남을 위해 허둥댄 끝에 아무 이익도 얻지 못하는 자의 모습이다. 이런 이들이 만약 나중에 자신이 손해를 입고 후회한들, 남들이 그를 크게 동정할 이유가 없다. 그는 자기 잘못으로 그런 곤경에 빠진 것이기 때문이다.

만약 어떤 이가 초대도 받지 않았는데 남의 곡식을 제멋대로 수확하고, 정작 자기의 익은 곡식은 방치한다면, 그는 비웃음을

---

* 로마 초기의 희극작가로, 인구에 회자되는 수많은 명구를 남겼다.

받을 만하다. 사실상 모든 어리석은 이는 이와 유사한 태도를 보인다. 자기 이익을 희생하며 남에게만 신경 쓰는 자라면, 그가 손해를 보고 울상이 된다 해도 크게 신경 쓸 필요가 없다.

자신의 이익을 제쳐두고 남의 이익에 집착하는 어리석은 이들이여, 무엇이 그렇게 즐거운가? 왜 남의 일에 끼어드는가? 먼저 자신을 돕고 구하라. 남의 문제는 한 발 뒤로 물러나 관조하라. 자신에게 이롭지 않은 일에 굳이 끼어들 필요가 없다. 먼저 자기 이익을 확실히 한 뒤, 여력이 있다면 친구나 이웃을 돕는 것이 맞다.

그렇지 않고 남의 짐을 짊어지는 것을 자처하며 자기 일을 소홀히 하는 자는, 분명 지혜롭지 못하다. 그렇다고 이 말이, 다른 이를 돕지 말라는 것은 아니다. 단지 순서를 지키라는 것이다. 먼저 자신을 돌보고, 그다음에 여력과 상황에 따라 필요하면 남을 도우라. 그러면 넌 이 바보들의 배에서 빠져나와 지혜로운 처신을 할 수 있을 것이다.

쉰여섯 번째 바보

은혜를 저버리는 배은망덕한 자

남이 나에게 호의를 베풀고, 심지어 두세 번씩이나 친절을 베풀어도, 그 은혜를 조금도 갚지 않는 자가 있다. 그는 기꺼이 그 호의들을 받으면서도, 정작 상대방이 필요로 할 때 아무런 보답을 하지 않는다. 이러한 사람은 어리석은 자이며, 그가 이에 분노하거나 억울해한다고 해도, 나는 그를 우리 바보들의 배에 태워 노를 맡기겠다.

사람이 누군가로부터 도움이나 친절을 받을 때는, 언젠가 자신도 보답해야 하는 법이다. 만약 자신에게 베풀어진 호의를 기억조차 하지 않고, 언젠가 돌려줄 마음도 없이 잊어버린다면, 그것은 지극히 비열하고 배은망덕한 처사다. 다른 사람이 나에게 도움을 줄 때, 나는 그 대가를 때에 맞게 치러야 한다. 친절한 대우를 받고 싶다면, 나 또한 다른 이에게 친절을 베풀어야 한다. 이렇게 친절과 호의를 서로 주고받을 때, 사랑과 자비가 유지될 수 있다.

만약 내가 누군가에게 힘든 업무나 노동을 부탁하고, 그가 기꺼이 그 일을 완수해 준다면, 나는 그에게 적절한 보상을 통해 노고에 대한 위안을 제공해야 한다. 자기 이익을 챙기고, 노동자의 수고를 무시하는 것은 불명예스럽고 수치스러운 일이다. 마찬가지로, 일하는 자 역시 자신에게 맡겨진 일을 정직하고 꼼꼼하게 마무리해야 한다. 그래야만 그 주인이 기꺼이 보상해 줄 것이다. 반면 의뢰자(주인)가 일꾼의 성실한 노동을 본 뒤에도 보상을 주지 않는다면, 그는 완전히 졸렬하고 감사할 줄 모르는 자다.

자신이 칭찬받고 존경받고자 하는 사람은, 먼저 인색함에서 벗어나 관대하고 호의적인 태도를 보여야 한다. 만약 어떤 사람이 더 높은 명예와 지위를 얻고자 한다면, 그는 먼저 겸손과 관대함으로 주변을 대해야 한다. 예절 바르고 교양 있는 태도가 바로 사람을 사람답게 만든다. 모든 법칙은 무정하고 비열한 배은망덕을 비난하고 거부한다. 배은망덕한 자들은 선행과 호의가 나오는 '선의의 샘'을 말려버린다.

예를 들어 어떤 일을 시켜서 완벽히 마친 사람에게서도, 이 배은망덕한 자들은 아무런 보상 없이 '문제'를 찾아 트집 잡고, 그 대가를 주지 않으려 한다. 그러니 만약 일꾼이 이런 대우를 받는다면, 그는 다시는 그 일을 해주지 않으려 할 것이다. 이렇게 배은망덕한 바보들은 자신에게 이익을 주는 이에게조차 모욕과 악덕, 험담과 가혹함으로 되갚는다. 그러나 그들이 이런 방법으로 더 높은 지위나 명예에 오르려 해도, 그 희망은 눈 녹듯 사라질 것이다.

그러므로 누군가에게 일을 맡길 때, 그가 몸과 마음의 힘을 들여 수고한다면 마땅히 정당한 대가를 지불해야 한다. 이를 하지 않는다면, 너는 엄연히 배은망덕한 자다. 특히 가난한 노동자를 착취하는 것은 하늘 앞에서 복수를 부르는 죄악이다.

이 배은망덕한 악덕이 가져오는 폐해는 셀 수 없이 많다. 그것은 타고난 이치와 정의에 반한다. 현명한 사람이라면 이 악덕을 멀리하고, 오히려 관대함과 호의, 사랑을 키워야 한다. 이는 사랑과 우정을 길러내는 비옥한 토양이 될 것이다.

역사와 다수의 책을 보면, 도시나 국가가 그들에게 이익과 영예를 가져다준 이들에게 배은망덕하게 굴다가 망한 예가 많다. 로마는 카밀루스의 은혜를 저버리고 그를 추방했다. 그는 로마의 명예를 지키려 애썼는데도 말이다. 아테네 또한 그러했다. 솔론은 아테네의 조야한 관습을 다듬고 정의로운 법률을 세웠지만, 아테네는 그를 쫓아냈다. 스파르타는 폴리스를 개혁한 리쿠르고스를, 로마는 조국을 위해 봉사한 스키피오를 냉혹하게 대했다. 이들 도시와 국가의 공통점은 큰 선행에 대해 배은망덕을 저질렀다는 것인데, 결국 아무도 이를 통해 영원한 이득을 얻지 못했다.

결국 결론은 명확하다. 남의 은혜에 보답하지 않고 배은망덕하게 굴면, 언젠가 그 악덕은 부메랑처럼 돌아와 자신을 덮친다. 처음에 호의를 베푼 이도 다시는 도움을 주지 않을 것이고, 한때 받은 호의를 보답하지 않은 자는 결국 자업자득의 대가를 치르게 될 것이다.

쉰일곱 번째 바보

자신을 최고라 믿는 맹목적 자만에 빠진 자

우리는 우리 바보들의 배를 방해하려는 악의와 시기의 세력을 이미 이겨냈다. 이제 나는 다시금 어리석은 이들을 불러, 우리 배의 장식을 준비시키려고 한다. 이리로 오라, 너희 바보들이여! 벽난로 곁에 앉아 거울에 비친 제 얼굴만 들여다보며, 자기 행위에 온 정성을 기울이는 자들이여. 그런 너희에게도 우리 배의 노를 젓는 일을 맡기겠다.

어리석은 이들 중 특히 거울에 비친 제 얼굴에 빠져 있는 자에게는 주방장이 되어 다른 바보들을 위한 음식을 준비하는 임무를 맡기겠다. 이 자는 혼자 있을 때면 늘 거울을 들여다보며 자기 모습을 감상한다. 문제는 그가 빼어난 외모도 없고, 눈에 띄는 미모도 없는데, 스스로는 아주 아름답고 매력적이며 현명하다고 굳게 믿는다는 점이다. 실제로는 노랗게 뜬 피부나 기이한 모양의 얼굴을 하고 있어도, 그는 거울 속 제 모습을 보고 스스로 매우 만족하고 기뻐한다. 어리석은 자기만의 세계에 사로잡혀 있기 때문에, 아무리 사람들이 "너는 미모도 없고 지혜도 없다"라고 하며 책망해도, 그는 전혀 믿으려 하지 않는다.

그는 머리에 긴 귀, 즉 당나귀 같은 귀가 달려 있어도, 스스로는 그렇게 보지 않는다. 오직 자기 생각에만 빠져, 결코 자신의 추하고 우스꽝스러운 모습을 깨닫지 못한다. 누군가 정말 훌륭한 지혜나 외모, 힘, 명예를 지닌 사람에 대한 이야기를 나눌 때 이 바보가 그 자리에 있다면, 그는 맹세코 자신이 그 어떤 뛰어난 이들보다 더 우월하다고 주장할 것이다. 조언을 주고받는 능력이나 탁월한 실천력에 있어서도, 자기보다 더 나은 자는 없다고 외칠 것이다.

이런 바보들은 자기 자신이 세계에서 가장 현명하고, 아름답고, 강하고, 언변 좋다고 굳게 믿는다. 하지만 사실 그들의 머릿속에는 어리석음만 가득하다. 얼굴이 기괴하게 뒤틀리고, 입이 비뚤어져 있으며, 옷맵시나 자세가 형편없어도, 거울 속 자기 모습에 만족하며 전혀 인정하려 들지 않는다. 걷든 달리든 일하든 쉬든 간에, 그들은 거울을 들고 다니며 자신을 바라본다. 그리고 결코 자기 귀가 길고, 그 모습이 추하다는 현실을 인정하지 않는다.

심지어 어떤 바보들은 침대에 누워서도 얼굴빛이나 콧날 모양을 확인하고자 거울을 옆에 둔다. 부엌에 가서 요리를 할 때도 한 손에는 국자를, 다른 한 손에는 거울을 든 채 자기 얼굴을 본다. 그런데 누군가 "당신 외모가 어떠냐?"라고 묻는다면, 그는 단호히 "나는 아주 단정하고, 흠잡을 데 없이 멋진 모습이며, 의복도 완벽하게 어울리고, 나는 지혜롭다" 하고 말할 것이다. 그러나 그런 말은 어리석은 망상일 뿐이다.

역사나 다수의 문헌을 보면, 이러한 자기 착각으로 인해 불행한 일을 겪는 사례를 많이 볼 수 있다. 로마의 황제 오톤은 전쟁터에서마저 거울을 들고 다니며 자신의 얼굴빛을 확인했고, 피부색을 매끈하고 아름답게 하려고 당나귀 젖으로 목욕하고 매일 수염을 깎았다. 하지만 그런 허영심 때문에 결국 큰 치욕과 불행을 맞이했다. 이런 사례를 본보기 삼아 비슷한 허영에 빠지지 않도록 경계해야 한다.

시인 오비디우스가 전하는 한 우화에서, 나르키소스는 물에 비친 자기 모습을 사랑하다가 결국 자기 자신을 알아보지 못하고 다른 존재로 변해버린다. 자기 모습에 대한 지나친 숭배나 자기에 대한 과도한 사랑은 파멸적인 결말을 낳는다는 것을 보여준다.

결국 결론은 단순하다. 수많은 바보들은 자기 자신을 최고라고 여기며, 아무리 흉한 모습과 무지로 가득 차 있어도 거울 속에서 만족을 찾는다. 이로 인해 어리석은 이들의 수는 점점 불어난다. 만약 그들이 자신을 아름답고 훌륭하다고 믿는 착각에서 스스로 벗어날 수 없다면, 어리석은 무리는 끝없이 늘어날 수밖에 없다.

쉰여덟 번째 바보

헛된 춤사위로 귀한 시간을 낭비하는 자

행복을 끝도 없는 춤이나 어지러운 도약 속에서 찾는 바보들이 있다. 이런 이들은 스스로 어리석은 행위를 즐기며, 그게 결국 신을 노여워하게 한다는 사실을 깨닫지 못한다. 신께서는 이런 어리석은 기행을 미워하신다. 춤과 도약에 몰두하는 자들은 결국 시간만 낭비할 뿐 아니라, 그로 인해 여러 해악과 심지어 치명적 죄악을 품게 된다.

이런 종류의 바보들은 빈자리가 남아 있는 우리 바보들의 배에 탑승할 자격이 있다. 이들은 지혜를 잃고 제정신을 잃은 듯 춤추며 깡충거린다. 광적으로 바닥을 맴돌며, 고된 움직임에 스스로 만족한다. 그 모습은 마치 광기 어린 제사 의식에 열중하는 이교도나, 산속에서 고함치며 숭배 의식을 벌이는 이방인들을 닮았다. 그 옛날 우상을 섬기며 밤새 돌아다니던 마르스 신전의 사제들처럼, 이들도 괴이한 의식에 빠져 있다. 그들의 행동은 신이 아닌 우상을 섬기는 일에 가깝다.

이처럼 춤추고 뛰며 헛되이 몸을 소진하는 자들에게 무엇이 남는가? 아무런 이득도, 보상도 없이 땀 흘리고 시간 낭비만 할 뿐이다. 오히려 이런 광적인 춤사위는 선으로 이어지지 않고, 불건전한 욕망과 죄악으로 향하게 될 때가 많다. 소란스러운 춤판

속에서는 음탕한 생각이 싹틀 수 있고, 시시덕거리는 눈빛과 손짓으로 은밀한 약속이나 불순한 거래가 이루어지기도 한다. 춤이란 종종 음란한 욕망을 부추기고, 어린 마음마저 타락시키는 토양이 된다.

고대 우상을 숭배하는 이들이 금송아지 앞에서 술에 취해 춤추고 노래 부르며 참된 신을 잊어버렸듯, 오늘날 헛된 춤에 열중하는 사람들도 신을 멀리한다. 춤판은 교만과 음란, 각종 부정한 동기로 가득 차 있다. 춤추는 사람들은 몸짓과 표정으로 음흉한 신호를 주고받고, 그 결과 순결한 마음마저 타락시키는 경우가 많다.

곰곰이 생각해 보면, 세상에 춤보다 더 죄를 부추기는 여흥은 드물다. 춤은 겉으로는 즐거운 놀이 같지만, 실제로는 정신없는 아우성과 번잡한 움직임을 불러낸다. 오늘날 도시와 촌락, 모든 계층에서 이 광기 어린 춤판이 벌어지고 있다. 심지어 교회에서도 춤판이 열려 난장판이 되는 날이 오지 않을까 우려될 정도다.

계층과 직업에 관계없이, 다수의 사람들이 벌써 이 무절제한 춤을 좋아하기 시작했다. 부자든 가난한 자든, 높은 자든 낮은 자든 모두 춤에 빠진다. 성직자, 수도자조차 예외가 아니다. 수도원 식당이나 거처에서, 혹은 작업장에서 수도복을 입은 채 춤추는 이들도 있을 지경이다.

춤판에 뛰어드는 사람들 중엔 어린이, 소녀, 유부녀, 젊은 남자가 모두 뒤섞여 있다. 그들 사이에서 부정한 신호와 유혹의 언어가 교묘히 오간다. 나이 든 여자나 늙은 남자도 이 바보 같은 춤판에서 우스운 꼴을 하고 있으니, 온 세상이 이 광기 어린 춤 열병에 걸린 것 같다.

그들은 쉼 없이 질주하고, 소리 지르고, 자기만족에 빠져 제자리에서 뛰며 깡충거린다. 이때 가장 어리석은 동작이나 가장 추잡한 제스처를 많이 보여주는 사람이 칭찬받는다니, 얼마나 어처구니없는 일인가? 그렇게 춤추는 동안 마음속에선 음탕한 생각이 더욱 움튼다. 그리고 그런 불길한 충동은 춤이 끝난 뒤에도 그들을 지배한다. 결국 이 춤은 비생산적인 노동이자, 죄의 싹을 키우는 밭이 된다.

그러니 이 헛된 춤과 도약에 빠져 시간을 낭비하는 바보들은 우리 배에 오를 자격이 있다. 그들은 아무런 선한 결실 없이 몸과 마음을 소모하며, 스스로 죄악의 길을 다진다. 결국 자신들의 어리석음을 증명하며, 다시 한번 바보들의 배에 수용될 뿐이다.

쉰아홉 번째 바보

밤거리를 돌며
소음과 혼란을 일으키는 자

사랑하는 여인의 집 문 앞에 서서 어두운 밤에 빛도 없이, 온몸이 얼어붙어 납덩어리처럼 차가워질 때까지 연주를 하는 바보가 있다. 그는 밤새 문을 두드리고 악기를 울리지만, 한 번도 안에 들어가지 않은 채 밤을 새운다. 젊을 때는 추위가 안 느껴질지 몰라도, 나중에 나이가 들면 이 어리석은 짓을 분명 후회하게 될 것이다.

　이들은 밤에 밖을 돌아다니고 소란을 피운다. 대개 사악한 자들은 낮을 싫어하고 어둠을 좋아하는 법이다. 인간도 짐승도 새들도, 밤이 되면 다들 쉰다. 깊은 잠을 자야 몸과 마음이 재충전되는 법인데, 이 어리석은 무리는 밤이야말로 뛰어놀고, 소리 지르며, 어지러운 소리를 내는 데 최적이라고 여긴다. 그들은 음탕한 노래를 부르며 무모하게 돌아다니는데, 이게 바로 악귀의 사악한 기운에 사로잡힌 증거다. 집 안에서 편히 쉬기보다, 밤거리를 방황하며 광기 어린 웃음소리와 함성을 지른다.

　이들은 마치 지옥의 깊은 수렁에서 솟아난 광기 어린 영혼들 같다. 그들은 아무런 수치심 없이 집 밖으로 나와, 사슴이나 멧돼지보다 더 부산스럽게 빈들거린다. 서로 하프나 류트, 백파이프나 우스꽝스러운 피리를 불며 어둠 속에서 떠들어 댄다. 그리고 특히나 자기가 사랑하는 여인의 집 앞에 몰려가 음산한 시간까지 노래하고 연주하며, 그 집안 사람들의 잠을 깨우고 불쾌감을 준다. 그러다 집 안에서 요강 물을 끼얹거나 돌멩이를 던지더라도 물러나지 않는다. 그들은 생각이란 걸 하지 못하니, 더 가혹한 대접을 받아야만 물러간다.

더욱 한심한 점은, 한겨울 추위 속에서도 이 무모한 짓을 한다는 것이다. 눈과 얼음이 깔린 길에서 추위에 떨면서도, 밤새 문 앞에서 악기와 노래로 소란을 피우며 자기합리화를 한다. 밤새워 돌아다니는 청춘들이 어찌 그리 많은지, 심지어 높은 신분의 사람과 종교인까지 이 광기 어린 밤놀이에 참여한다. 낮에는 체면 때문에 못 하는 행동을 밤이 어두워지면 거리낌 없이 벌이는 것이다.

어떤 이들은 개 짖듯, 어떤 이들은 양이 울듯 울부짖고, 또 다른 이들은 엉터리 발라드를 부른다. 마음에 드는 여인이 문을 열어주지 않아 울음을 터뜨리는 이도 있다. 결국 이들 사이에서는 누가 더 기이한 소리를 내느냐로 승부를 가리는 어리석은 대결마저 벌어진다.

유부남도 이런 밤거리에 끼어들 때가 있는데, 그동안 그의 아내는 집에 홀로 남아 있다. 이 어리석은 남편 때문에 아내는 문을 활짝 열고 다른 남자를 맞아들이기도 한다. 남편이 올빼미를 쫓으며 뻔한 정조를 버린 채 집을 비운 사이, 아내는 남의 씨를 받아들일 수도 있다. 이런 사태가 벌어지는 건 모두 밤중에 어리석게 돌아다니는 남편 탓이다.

그러니 이 부류의 바보들, 즉 밤마다 쓸데없이 돌아다니며 방탕한 기회를 제공하는 이들은, 제발 그런 짓을 그만두어라. 밤새 깨어 있는 일이 만약 생산적 노동과 연관 있다면 몰라도, 단지 빈둥대며 헛된 일에 시간을 소모하는 건 어리석은 짓이다. 그냥 집 안에 들어가 쉬는 편이 낫다.

이 모든 것을 말하는 이유는, 이런 광기 어린 밤의 행태가 우리나라(이 땅)보다 다른 나라나 다른 지역에서 더 심한 편이기 때문이다. 하지만 우리도 이로부터 전혀 자유롭지 않다. 밤새 술을 마시고 헤매는 행위도 비슷한 어리석음이다. 노래 대신 술에 탐닉하고, 불필요한 시비를 찾아다니는 자들도 많다. 그들은 괜히 남의 재산을 노리거나, 싸움을 걸기 위해 깊은 밤을 헤맨다.

이런 모든 바보들, 즉 밤에 잠들지 않고 돌아다니며 난동을 부리는 자들, 술과 음란한 행위와 폭력에 빠져드는 자들, 그들 모두 우리 바보들의 배에 오를 자격이 충분하다. 내가 이들을 위해 마련한 꼬마 배에 그들을 태워, 뱃머리에서 우스꽝스러운 뿔 나팔이나 피리를 들고 다시 어리석음을 증명하게 하겠다.

예순 번째 바보

어리석은 거지

나는 이미 어리석은 이들을 위해 배를 더 마련하고, 그들을 싣고 다시 바다로 나아갈 준비를 마쳤다. 사실, 이 바보들의 배에 탈 인원이 부족할까 걱정도 했지만, 이제는 "거지"로 불리는 자들마저 스스로 찾아온다. 그러나 거지 중 대부분이 선한 마음을 갖추지 못했으니, 나는 여기서 그들의 행동과 태도에 대해 잠시 기록하고자 한다.

비록 이들은 매우 곤궁하고 궁핍한 처지에 있어, 도움 없이는 살기 힘들 수도 있다. 하지만 놀라운 점은, 많은 거지가 굳이 자신의 삶을 개선할 의지도, 열심히 일할 생각도 없이 거지 생활을 의도적으로 지속한다는 것이다. 특히 어떤 거지는 자식들을 많이 두어 생활이 더 힘들어졌는데도, 그저 빈곤 속에서 살며, 일하지 않고 구걸하는 삶을 당연시한다.

심지어 어떤 성직자나 수도자, 충분한 재산을 가진 이들조차도, 마치 거지처럼 타인의 자선을 갈취하려 한다. 그들은 부나 명예를 뒤로 한 채 일부러 허름하게 입으며, 남들이 베푸는 자선을 받는다. 하지만 신과 교회는 진정 궁핍한 이들을 돕기 위해 자선을 권고하였지, 이런 가짜 거지나 숨은 재산가를 돕기 위해 권고한 것이 아니다. 그런데도 이런 교활한 자들은 당당히 자선을 청하며, 진짜 어려운 사람들의 몫까지 빼앗는다.

일부 수도원장이나 수도원 공동체마저 이 못된 수법을 쓴다. 자신들이 이미 충분한 재산을 가졌으면서도, 더 많은 금품을 얻기 위해 거짓말로 "동료가 포로로 잡혀 있다"라고 하면서 동정을 산다. 또 누군가는 가짜 기적 이야기나 가짜 성물을 팔며, 이를 핑계로 여기저기 돌아다니며 돈을 모은 뒤, 그 돈을 술집에서 탕진한다. 이렇게 무리 지어 다니며 헛된 구걸을 하는 이들로 인해, 어디를 가든 악덕을 피하기 어렵다.

다른 거지들도 마찬가지다. 힘과 의지, 젊음이 충분한데도 일을 멀리하고, 거지 행세가 더 편하다고 여기며 주저앉는다. 어떤 이들은 엉터리로 상처나 종기가 난 것처럼 시늉한다. 몸은 멀쩡해도 피나 고름 같은 걸 바르고, 다리를 묶어 절룩거리는 척하고, 심지어 아이들의 얼굴을 일부러 흉하게 훼손하기도 한다. 이처럼 참혹하게 아이들을 다루어, 길 가는 이들로부터 연민을 끌어내려는 것이다. 거지들은 종종 이렇게 아이를 이용해 더 많은 동정을 얻는다.

이들 중 상당수는 젊고 건강한데도 가난을 가장하며 구걸한다. 사실 이들은 일하기 싫고, 타인의 선행과 재화에 의존해 아무 노동 없이 살고 싶을 뿐이다. 시간이 지나 이 삶에 익숙해지면, 그들은 영영 거지 생활을 벗어나지 못한다.

게다가 거지들 사이에서는 다툼과 시기, 욕설과 속임수, 험담과 싸움이 난무한다. 그들은 한 푼이라도 더 얻기 위해 서로를 헐뜯고, 무례한 언행을 서슴지 않는다. 게다가 술을 마시고 방탕하게 놀며, 더러운 말을 일삼는다.

어떤 거지들은 앞뒤 가방을 짊어지고 지팡이와 모자를 쓰면, 모든 걸 갖춘 양 만족해한다. 의복은 찢어지고 너덜너덜해도 상관없다. 누군가가 옷이나 돈을 줘도, 그들은 금세 그것을 팔아먹고 술로 탕진한다.

이렇게 탁월한 능력(?)이기에, 누군가 자선을 베풀길 거절하면 몰래 욕하고 저주하는 것이다. 반면 자선을 베풀어 주면, 그 돈도 곧 술집에서 날려버린다. 이들의 삶을 모두 적으려면 끝도 없겠지만, 결론은 분명하다. 거지 생활은 자칫 악덕으로 흐르기 쉽고, 이런 악덕을 지속하면 결국 사람들의 마음이 닫히고 자선도 끊길 것이라는 점이다.

나는 이들에게 충고한다. 진정한 궁핍에서 오는 어쩔 수 없는 구걸이 아니라, 고의적 게으름과 속임으로 이루어진 구걸은 결국 사람들의 연민을 잃게 만든다. 그런 식으로는 영원히 나아질 수 없다. 그러니 어리석은 거지들이여, 정신 차리고 삶을 개선하려 노력하라. 그렇지 않으면 자선이라는 아름다운 제도가 너희 때문에 무너질 것이다.

예순한 번째 바보

유산을 갈망하는 바보

다른 사람의 유산을 물려받을 생각에만 골몰하는 자는 바보다. 그는 남이 죽기만을 기다렸다가 그의 재산, 성직록, 관직, 소유물 등을 차지할 궁리만 한다.

많은 이들이 남의 죽음을 기뻐하지만, 정작 자신의 마지막 순간에 대해서는 결코 생각하지 않는다. 그는 다른 사람을 무덤으로 실어 보낼 것을 기대하지만, 실은 그 자신이 먼저 죽어 쓰러질 수도 있다. 이처럼 남의 죽음을 바라면서 정작 자신의 영혼이 언제 떠날지 모르는 자, 그는 스스로를 바보의 산으로 태우고 갈 당나귀에 편자를 박고 있는 꼴이다.

죽음은 늙은이에게만 오지 않는다. 젊고, 강하고, 활기찬 사람들도 얼마든지 죽는다. 늙은 소의 가죽만큼이나 수많은 송아지 가죽이 시장에 나오는 법이다. 그러니 각자 자신의 분수에 만족하고, 남의 것을 탐내어 더 부자가 되기를 바라지 말아야 한다. 세상일이란 이처럼 거칠고 예측할 수 없는 순환 속에 있다.

불가루스(Bulgarus)*는 아들에게 유산을 물려줄 것으로 기대했지만, 오히려 아들에게서 유산을 물려받았다. 트로이의 왕 프리아모스**는 자신의 후계자가 될 것이라 믿었던 모든 자식이 죽는 것을 지켜보아야 했다. 압살롬***은 아버지의 죽음을 재촉하며 왕위를 노렸지만, 그가 떡갈나무 위에서 받은 '유산'이란 결국 죽음뿐이었다.

어떤 사람은 평생 생각지도 못했던 유산을 하룻밤 사이에 물려받기도 한다. 반면, 어떤 사람은 차라리 개에게 재산을 물려주는 것이 나을 뻔했던 끔찍한 상속자를 얻기도 한다. 모든 사람

---

* 아들이 자신보다 오래 살 것이라 여겼지만, 오히려 아들이 먼저 죽어 그 유산을 물려받게 된 아버지를 가리키는 예시. 이는 자식의 죽음을 겪는 부모의 비극(참척, 慘慽)이자, 인간의 기대와 달리 죽음의 순서가 정해져 있지 않음을 보여준다.

** 그리스 신화 속 트로이 전쟁 당시 트로이의 마지막 왕. 호메로스의 서사시 《일리아스》의 주요 인물이다. 그는 헥토르, 파리스를 비롯한 수많은 아들을 두었으나, 트로이 전쟁 10년 동안 후계자가 될 것이라 믿었던 아들 대부분이 자신보다 먼저 죽는 것을 지켜보아야 했다. 결국 자신도 왕궁에서 비참한 최후를 맞이하며 왕국과 자손을 모두 잃는 비극의 상징이 되었다.

*** 구약 성경(사무엘하)에 등장하는 다윗 왕의 아들. 그는 아버지 다윗을 상대로 반란을 일으켜 왕위를 빼앗으려 했다. 전투에서 패배하고 도망치던 중, 그의 자랑거리였던 긴 머리카락이 떡갈나무(혹은 상수리나무) 가지에 걸려 공중에 매달리게 되었다. 이 모습을 본 다윗의 부하 요압과 그의 부하들이 그를 창으로 찔러 죽였다. 그가 아버지로부터 물려받고자 했던 '유산(왕위)'과 달리, 그가 '떡갈나무 위에서 받은 유산'이란 결국 죽음뿐이었음을 비유하는 표현이다.

의 희망이 아브라함이나 시므온*처럼 확실하게 이루어지는 것은 아니다.

　그런 걱정은 저 공중의 새들이나 하도록 내버려 두라. 우리의 행운과 시간, 종말, 그리고 삶의 목표는 오직 신께서 원하실 때 이루어진다. 우리가 진정으로 바라야 할 가장 위대한 유산은 우리 모두가 소망하는 저 하늘나라에 있다. 그러나 지상의 것들에 눈이 멀어, 정작 그 영원한 유산을 손에 넣는 자는 거의 없다.

* 신약 성경(누가복음)의 인물로, 메시아(그리스도)를 보기 전에는 죽지 않으리라는 신의 계시를 받고 평생을 기다렸다.

예순두 번째 바보

불행을 가볍게 여기는 바보

불행을 몹시 싫어하면서도, 정작 스스로는 어리석게 그 불행을 향해 달려가는 자가 있다. 그러니 그는 자신의 배가 파멸하여 가라앉는다 해도 결코 놀라서는 안 된다.

불행은 비록 아주 작은 모습으로 찾아올지라도, 결코 혼자 오는 법이 없다. "불행은 매일 자라난다"는 오랜 속담이 있지 않은가. 그러므로 불행은 그 싹이 보일 때부터 외면하고 피해야 한다. 그 끝이 어디로 이어져 자신을 파멸시킬지 아무도 모르기 때문이다.

감히 바다로 나서려는 자는 반드시 좋은 운과 날씨를 필요로 한다. 만약 역풍을 맞으며 항해하려 든다면, 그는 앞으로 나아가기는커녕 순식간에 뒤로 밀려나게 될 뿐이다.

현명한 자는 순풍을 타고 항해하는 법을 배우지만, 바보는 그 배를 금세 뒤집어 버린다. 현명한 자는 지혜의 키를 자신의 손에 단단히 쥐고, 순조롭게 육지를 향해 나아간다.

하지만 바보는 항해의 이치와 여정 자체를 이해하지 못한다. 그 결과 그는 종종 암초에 부딪혀 좌초하며, 자신이 파멸하고 있다는 사실조차 깨닫기 전에 모든 것을 망쳐버린다. 현명한 사람은 자신과 다른 사람들 모두를 올바른 길로 이끈다.

알렉산더 대왕이 망망대해에서 현명한 가르침을 따르지 않았더라면, 또한 시대의 흐름에 맞춰 자신을 적응시키지 않았더라면, 그는 훗날 독이 든 포도주가 아니라 바다에 빠져 익사했을 것이다. 폼페이우스*는 바다의 해적들을 모두 소탕하여 위대한 명성과 명예를 얻었지만, 그런 그조차도 결국 이집트에서 비참한 불행을 맞이했다.

이는 명예나 권력이 불행을 막아주지 못함을 보여준다. 그러나 진정으로 내면에 지혜와 미덕을 지닌 자들은 다르다. 그들은 설사 모든 것을 잃고 벌거벗은 채로 물에 빠지더라도, 결국에는 스스로의 힘으로 육지까지 헤엄쳐 나오는 법이다.

---

* 로마 공화정 말기의 위대한 장군이자 정치가(BC 106~48). 그는 BC 67년 지중해 전역의 해적을 단 3개월 만에 소탕하는 큰 공을 세워 로마의 영웅이 되었다. 하지만 이후 율리우스 카이사르와의 내전에서 패배하여(파르살루스 전투, BC 48) 동맹국이었던 이집트로 피신했다. 그러나 그는 상륙 직후, 카이사르의 환심을 사려 한 이집트의 파라오(프톨레마이오스 13세) 측근들에 의해 암살당하는 비참한 최후를 맞이했다.

예순세 번째 바보

자신을
바보라 생각하지 않는 바보

바보 마르시아스(Marsyas)*는 가죽과 머리털이 벗겨지는 벌을 받았다(신에게 도전한 대가였다). 그럼에도 그는 자신의 어리석음을 예전처럼 꽉 붙들고 있었다.

모든 바보는 한 가지 공통된 특징을 가지고 있으니, 바로 자신이 남들의 조롱거리가 되고 있다는 사실을 결코 받아들이지 못한다는 것이다. 이것이 바로 마르시아스가 신에게 도전했다가 산 채로 가죽이 벗겨지는 끔찍한 형벌을 받은 이유다.

어리석음은 그토록 눈을 멀게 한다. 바보는 사람들이 자신을 비웃고 구경거리로 만들 때조차, 스스로를 재치 있다고 착각한다. 그는 나름대로 근엄한 표정을 지으며 자신이 현명하게 보이기를 바라지만, 그 어설픈 연극은 오래가지 못한다. 머지않아 그의 어리석음이 소매 속에서 굴러떨어지고, 그의 본성이 만천하에 드러나게 된다.

한편, 낭비에 빠진 바보도 있다. 재산이 많은 자에게는 소위

---

* 그리스 신화에 등장하는 사티로스(반인반수). 피리(아울로스) 연주에 능했던 그는 자신을 과신한 나머지 음악의 신 아폴론에게 음악 경연을 제안했다. 경연에서 패배한 그는 신에게 도전한 오만(휘브리스)의 대가로, 아폴론에게 산 채로 가죽이 벗겨지는 끔찍한 형벌을 받았다.

친구가 많다. 그러나 그들은 그가 죄를 짓도록 돕고, 그의 재산을 어떻게 벗겨 먹을지 궁리할 뿐이다. 그가 돈이 떨어져 가난해지는 순간, 그들은 썰물처럼 사라진다. 그제야 바보는 "아아, 신이시여! 나에게 그토록 많은 추종자가 있었는데, 어찌하여 지금은 나를 위로해 줄 친구가 단 하나도 없는가!"라며 통곡한다.

그리고 이렇게 후회한다. "내가 만약 이 이치를 진작에 깨달았더라면, 나는 여전히 부유할 것이고 이토록 멸시받지도 않았을 텐데!"

자신이 평생을 의지해야 할 재산을 단 1년 만에 탕진해 버리는 것, 이것이야말로 참으로 거대한 어리석음이다. 그는 쾌락을 좇아 사치스럽게 재산을 흩뿌리며, 자신이 멋진 시간을 보낸다고 생각하지만, 실상은 그저 스스로를 거지로 만드는 길을 재촉할 뿐이다. 마침내 가난, 멸시, 조롱, 비참함이 그를 덮치고 그가 누더기를 걸친 채 맨몸으로 헤맬 때가 되어서야, 그는 뼈에 사무치는 후회를 하게 된다.

진정 현명한 자는 이 땅을 떠날 때 가져갈 수 없는 재물로 '영원한 친구'를 사두어, 홀로 버려졌을 때 그들의 위로를 받는다.

하지만 또 다른 바보는 정반대로 행동한다. 그는 아예 대놓고 어리석은 짓을 한다. 사람들이 그를 꾸짖거나 조롱해도, 그는 마치 당나귀처럼 귀를 흔들 뿐 전혀 신경 쓰지 않는다. 그는 일부러 바보처럼 굴지만, 그의 어설픈 바보짓은 그 누구도 즐겁게 하지 못한다. 심지어 그는 바보처럼 행동하면서도, 남들이 자신을 바보 취급하면 불쾌해하는 모순을 보인다. 사람들은 그를 보며 이렇게 말한다. "저 바보는 스스로 현명한 광대가 되고 싶어 하지만, 그에게는 재치도 품위도 없다. 그는 그저 아무짝에도 쓸모없는 진짜 바보일 뿐이다."

어떤 자는 현명하게 보이려고 일부러 바보처럼 굴고, 어떤 바보는 지혜를 말하며 현명한 척한다. 하지만 이들 모두 뻐꾸기가 낳은 바보 알에 불과하다.

어리석음은 결코 고칠 수 없다. 바보를 마치 후추처럼 절구에 넣고 몇 년이고 빻는다 한들, 그는 여전히 바보로 남을 것이다. 그들은 쾌락과 기만이 본래 한 형제라는 사실을 깨달을 지혜가 없기 때문이다.

마지막으로 탐욕에 빠진 바보가 있다. 이 수전노는 자신의 집에 금을 쌓을 수만 있다면, 기꺼이 자신의 가죽이 반쯤 벗겨지고 사지가 묶이는 고통이라도 감수할 자다. 그는 더 많은 이자와 지대를 얻을 수만 있다면, 통풍에 걸려 침대에 누워 모욕적인 대우를 받는 것조차 기꺼이 견뎌낸다.

그 누구도 적당한 것에 만족하려 하지 않는다. 많이 가진 자는 너무 많이 가지려 한다. 부에서는 교만이 싹트기 마련이며, 부유함이 겸손을 가져오는 경우는 거의 없다.

여기, 자식도 형제도 친구도 없이 홀로 일하는 바보가 있다.

그는 쉬지 않고 일하지만, 그의 눈은 결코 재물로 채워지지 않는다. 그러면서도 그는 "내가 도대체 누구를 위해 이 고생을 하며 나 자신을 궁핍하게 만드는가?"라는 질문을 단 한 번도 하지 않는다.

이는 마치 신께서 그에게 부와 명예를 모두 주셨지만, 정작 그것을 누릴 능력은 주시지 않은 것과 같다. 그는 모든 것을 쌓아두기만 할 뿐 스스로는 즐기지 못하고, 결국 그 모든 재산은 낯선 이방인에게 넘어가게 될 것이다.

그는 바로 탄탈로스(Tantalus)*다. 그는 물이 넘쳐나는 한가운데 앉아있으면서도 갈증에 시달리고, 눈앞의 사과를 보면서도 굶주린다. 이는 그가 자기 자신에게조차 베풀기를 거부하기 때문이다.

---

* 그리스 신화에 등장하는 왕. 신들의 비밀을 누설하거나 신들을 시험한 죄로 지옥(타르타로스)에 떨어졌다. 그는 물이 턱밑까지 차는 연못에 서 있지만, 물을 마시려 고개를 숙이면 물이 빠져나가고, 머리 위에는 탐스러운 과일이 열려 있지만, 손을 뻗으면 가지가 위로 올라가 버리는 형벌을 받았다. 영원한 갈증과 굶주림에 시달리는 그의 모습은, 본문에서처럼 많은 것을 가졌음에도 영원히 닿지 않는 욕망과 좌절의 상징으로 쓰인다. '감질나게 하다'(tantalize)라는 영단어가 그의 이름에서 유래했다.

예순네 번째 바보

때를 맞춰 준비하지 않는 바보

여름에 수확하지 못한 자, 겨울에 반드시 궁핍을 겪을 것이며, 배고픔에 시달리는 곰의 춤*(비참한 꼴)을 보게 되리라.

이 세상에는 참으로 태만한 자, 날씨나 탓하는 게으름뱅이가 수없이 많다. 그는 자신이 시작한 그 어떤 일도 제대로 감당하지 못한다.

이 바보는 제때에 필요한 것을 준비하는 법이 없으며, 하룻밤 사이에 필요한 것조차 미리 챙겨두지 않는다. 그는 그저 되는대로 살아가는 한심하고 게으른 자일 뿐이다. 자신에게 무엇이 부족한지, 위급한 순간에 무엇이 필요할지 전혀 생각하지 않는다.

그의 생각은 '코에서 입까지'의 거리, 즉 오직 눈앞의 순간적인 쾌락이나 욕구를 넘어서지 못한다. 그는 미래를 위해 아무것도 계획하지 않는다.

나는 겨울을 무사히 날 수 있도록 여름에 부지런히 식량을

---

* 중세 유럽의 관용적 표현으로, 뜨겁게 달군 철판 위에 곰을 올려놓고 고통에 못 이겨 날뛰는 모습을 춤에 비유한 데서 유래했다. 본문에서는 겨울의 혹독한 배고픔과 궁핍 속에서 고통스럽게 발버둥 치는 비참한 꼴을 상징하는 표현으로 사용되었다.

모으는 자를 현명한 아들이라 부른다.

그러나 이 바보는 여름 내내 햇볕 아래서 잠만 자려 한다. 그가 혹독한 겨울을 나려면, 미리 물려받은 막대한 재산이라도 있거나, 그것도 아니면 굶주림을 피하기 위해 마른 꼭지라도 빨면서 비참하게 버텨야 할 것이다.

여름에 건초를 만들지 않은 자는, 겨울이 닥치면 밧줄을 묶어 들고 "제발 건초를 파시오!"라고 외치며 미친 듯이 뛰어다니게 될 것이다.

여름의 노동을 경멸한 그 게으름뱅이는, 겨울이 되면 구걸로 연명해야만 한다. 그는 끔찍한 시련을 겪을 것이며, 많은 것을 구걸하겠지만 그에게 돌아오는 것은 거의 없을 것이다.

배워라, 이 바보야! 개미를 보고 배워라. 너 역시 좋은 시절에 스스로를 대비해야 한다. 그리하여 다른 이들이 기뻐하며 축제를 벌일 때, 너 홀로 궁핍에 시달리며 고통받는 일이 없도록 하라.

예순다섯 번째 바보

다투고 소송하기를 좋아하는 바보

아이처럼 끊임없이 다투어 진실의 눈을 멀게 할 수 있다고 믿는 자, 그는 머지않아 날카로운 쇠빗*에 호되게 찔리게 될 것이다.

나는 사소한 모든 문제를 법정으로 끌고 가려는 바보들에 대해 말하지 않을 수 없다. 이들은 심지어 다툼거리가 되지도 않았던 일조차도 평화롭게 끝내지 못하고 기어이 소송을 벌인다.

이런 짓은 사건을 한없이 길어지게 만들 뿐이며, 오히려 진정한 정의로부터 도망치는 꼴이 된다. 그들은 주변의 간청, 독촉, 경고를 모두 무시하며, 심지어 법원의 금지 명령이나 파문 선고를 받을지언정 고집을 꺾지 않는다.

그들은 법이란 젖은 밀랍으로 만든 코처럼 마음대로 구부리고 주무를 수 있으며, 결코 올곧게 서 있지 못할 것이라 굳게 믿

---

* 본래 양털이나 아마 섬유를 빗질하여 가지런히 만드는 데 쓰는, 날카로운 쇠 이빨이 박힌 도구(소모빗)를 가리킨다. 본문에서는 고집 센 바보를 다루는 따끔한 훈육 또는 고통스러운 처벌을 상징하는 비유로 사용되었다. 말을 듣지 않는 당나귀를 쇠빗으로 찔러 재촉하는 이미지와도 연결된다.

는다.

하지만 이 바보들은 자신들이 바로 이 법정 사냥의 토끼라는 사실을 깨닫지 못한다. 그들은 서기, 집행관, 관리인, 그리고 변호사들의 식탁에 오를 기름진 생선에 불과하다. 이 법률가들은 바로 이 바보들을 먹잇감으로 삼아 배를 불린다.

이 전문가들은 사건을 부풀리는 데 도가 튼 자들이다. 그들은 사냥감(바보)을 잡기 위해 교묘하게 그물을 펼친다. 그들의 손을 거치면 작은 주머니는 거대한 자루가 되고, 실개천은 거대한 강물이 된다.

그러면 바보는 이제 값비싼 웅변가들을 고용하고, 그들을 먼 땅에서부터 데려와야 한다. 진실을 밝히기 위해서가 아니라, 오히려 화려한 말솜씨로 사건을 복잡하게 만들고 판사를 속이기 위해서다.

이 때문에 재판은 수없이 연기되고, 소송 비용은 날마다 눈덩이처럼 불어난다. 결국 재판을 위해 오가며 쓴 경비와 체류비가, 원래 다투던 것의 가치보다 훨씬 더 커지고 만다. 어떤 자는 자신이 승소해서 얻을 수 있는 것보다 훨씬 더 많은 돈을 사소한 비용으로 낭비한다.

그럼에도 이 바보는 이렇게 사건을 빨리 끝내지 않고 질질 끌기만 하면, 진실의 눈을 멀게 할 수 있으리라 굳게 착각한다.

나는 이처럼 다툼 자체를 즐기는 자가 있다면, 그의 엉덩이에 날카로운 쇠빗이나 단단히 박혀버렸으면 좋겠다.

예순여섯 번째 바보

어설픈 사격을 하는 바보

활을 쏘려는 자, 제대로 보고 명중시켜라. 만약 그가 올바른 기술을 익히지 못했다면, 그는 '바보들의 배'로 가는 표를 쏘는 것과 같다.

만약 이 땅의 사격수들이 내 말에 불쾌해하지 않는다면, 나는 이 해안가에 바보 사격 대회를 하나 열고자 한다. 이 대회에서 수많은 바보가 과녁을 맞히지 못하고 큰 손해를 보게 될 것이다.

물론 상품도 마련되어 있다. 과녁에 가장 가까이 맞힌 자가 상품을 받고, 최소한 결선에는 오를 것이다. 그러나 그는 명심해야 한다. 결코 땅이나 허공을 조준해서는 안 되며, 오직 과녁의 중심을 노려야 한다. 그렇지 않고 서두르기만 하면 그의 계획은 실패할 것이다.

하지만 수많은 바보들이 과녁을 완전히 벗어나게 쏜다. 그러고는 변명을 늘어놓는다. 한 놈은 활이 부러졌다고 탓하고, 다른 놈은 활시위나 방아쇠가 망가졌다고 탓한다.

어떤 자는 조준이 흔들렸다고 변명하고, 어떤 자는 개머리판이나 조준대가 느슨했다고 탓한다. 또 어떤 자는 방아쇠에 기름

칠이 너무 잘 되어 건드리자마자 발사되었다고 불평한다.

또 다른 자는 과녁이 예전과 같은 자리에 있지 않았다고 탓하며, 자신의 표적을 더 이상 찾을 수 없다고 말한다. 그는 이미 수많은 화살을 쏘았지만, 그에게는 아무런 소용이 없다.

이 모든 것은 그가 마지막 한 발을 쏘아야 할 때, 결국 꼴찌 상조차 제대로 받지 못할 것임을 보여준다.

어떤 사수도 자신이 완벽히 준비했다고 자부할 수 없으며, 언제나 '이것' 또는 '저것'이 부족했다고 불평할 거리를 찾아낸다. 이는 단지 자신의 실패를 변명하고 명예를 지키기 위한 비겁한 핑계일 뿐이다. 그는 이 핑계거리만 아니었다면, 자신이 틀림없이 대상을 탔을 것이라고 뻔뻔하게 말한다.

나는 이들 외에 더 한심한 사수들을 알고 있다. 온 나라의 최고 명궁들이 정해진 날짜에 모여 실력을 겨루는 큰 대회가 있다고 하자. 이들 중 어떤 명궁은 이미 모든 화살을 과녁 한가운데에 명중시키며 일찌감치 우승을 확정 지었다.

그런데 여기에 자신이 아무것도 얻지 못할 것임을 뻔히 알면서도, 감히 그 대회에 참가하여 자신의 운을 시험해 보려는 얼간이가 있다. 나는 그가 이 대회에서 받을 몫이란 고작 그가 낭비한 여비뿐이라고 장담한다. 그가 이중으로 낭비한 돈에 대해서는 침묵하겠다. 꼴지 상이 그의 소매 속에서 울고 있을 테니.

이들은 바로 지혜를 향해 활을 쏘려는 자들이다. 그들은 지혜를 갈망하지만, 과녁을 맞히는 자는 거의 없다.

이는 그들이 올바르게 조준하지 못하기 때문이다. 어떤 자는 너무 낮게, 어떤 자는 너무 높게 조준한다. 어떤 자는 조준 중에 주위가 산만해지고, 결국 그의 계획은 산산조각이 난다. 그는 마치 요나단*처럼 엉뚱한 곳에 화살을 쏘고는, 자신의 계획이 뒤로 빗나갔다고 말한다.

지혜의 과녁을 정확히 맞히려는 자는, 헤라클레스가 가졌던 것과 같은 반드시 명중하는 화살이 필요하다.

지혜를 향해 올바르게 활을 쏘려는 자는, 절제와 목표를 확고히 견지해야 한다. 만약 그가 과녁을 벗어나거나 아예 조준조차 하지 않는다면, 그는 바보들의 무리와 함께 떠나야 한다.

활을 쏘고도 과녁을 완전히 벗어난 자, 그는 꼴찌 상만을 소매에 넣고 집으로 돌아갈 뿐이다.

사냥이든, 마상 창 시합이든, 사격이든, 제대로 준비하지 않고 덤비는 자는 이득은 적고 비용만 많이 치르게 될 뿐이다.

---

*   구약 성경(사무엘상 20장)에 등장하는 인물로, 다윗의 친구이자 사울 왕의 아들이다. 요나단은 아버지 사울이 다윗을 죽이려 한다는 사실을 알려주기 위해, 미리 정한 약속 장소에서 다윗이 숨어있는 바위 근처로 화살을 쏘았다. 그는 일부러 과녁보다 '더 멀리' 쏘고는 시종에게 "화살이 저쪽에 있다"고 외쳐, 다윗에게 피신하라는 신호를 보냈다. 본문에서는 '지혜'라는 본래의 과녁을 맞히지 못하고 '엉뚱한 곳'에 화살을 쏘는 행위를 이에 비유했다.

예순일곱 번째 바보

선물을 주고 후회하는 바보

매일 근심에 빠져있는 자는 바보가 있다. 그것은 바로 자신이 베푼 선행을 되돌릴 수 없기 때문이거나, 혹은 그 가치를 알지도 못하는 자에게 선을 베푼 것 자체를 후회하기 때문이다.

선물을 주면서도 기꺼운 마음으로 주지 못하는 자, 그가 바로 바보다. 그는 선물을 주면서도 시무룩하고 불쾌한 표정을 지어, 그 선행에서 어떤 기쁨도 생겨나지 못하게 한다. 그는 자신이 베푼 선물 때문에 스스로 고통받으니, 결국 선물과 보상을 둘 다 잃게 된다.

이는 하느님의 영광을 위해 선행을 베풀고도, 하느님께서 즉각적인 보상을 내려주지 않으시면 금세 후회하고 괴로워하는 자에게도 똑같이 해당된다.

진실로 명예롭게 베풀고자 하는 자는, 마땅히 웃으며 기분 좋게 주어야 한다. 만약 그가 감사와 보상을 둘 다 잃고 싶지 않다면, 사실은 주기 싫지만 억지로 준다는 태도를 보여서는 결코 안 된다. 하느님께서는 기쁨 없이 바치는 제물을 결코 받지 않으신다.

모든 사람은 자신의 것을 지킬 권리가 있으며, 그 누구도 다른 이에게 선물을 강요해서는 안 된다. 오직 자유로운 마음에서 우러나온 선물만이 모든 이에게 합당하고 가치 있는 것이다.

감사는 비록 늦게 돌아올지언정, 결코 사라지는 법이 없다. 설사 한 사람이 배은망덕하게 굴더라도, 언젠가는 그 모든 것을 갚아줄 현명하고 고결한 은인을 반드시 만나게 될 것이다.

하지만 이 모든 바보 중에 최악은, 선물을 주고 난 뒤에 그 선행을 빌미로 상대를 질책하는 자이다. 이는 참으로 저속하고 무례한 짓이다. 자신이 베푼 선행을 스스로 들먹이며 생색을 내는 자, 사람들은 그를 경멸하며 쳐다볼 것이며, 그는 다시는 그 누구에게서도 그 어떤 것도 돌려받지 못할 것이다.

예순여덟 번째 바보

아버지와 어머니를 공경하지 않는 바보

항상 아버지와 어머니를 공경하라. 그리하면 신께서 네게 긴 생명을 주실 것이며, 너는 수치를 당하지 않을 것이다.

자신이 평생 의지하며 살아야 할 재산을, 아직 살아있을 때 자식들에게 모두 넘겨주는 자는 어리석은 바보다. 그는 자식들이 자신을 버리지 않고 곤경에 처했을 때 틀림없이 도와줄 것이라는 헛된 희망에 기댄다.

하지만 현실은 어떤가? 그는 즉시 자식들에게 성가신 짐이 되고, 누구도 환영하지 않는 천덕꾸러기 손님 신세가 된다. 자식들은 그가 빨리 죽기만을 매일같이 바라게 된다.

그러나 그는 이런 끔찍한 취급을 받아도 반쯤은 마땅하다. 자식들의 공허한 말과 아첨에 속아 자신의 노후를 내던진 그는 참으로 지혜가 부족한 자이다. 그처럼 말로 구슬리는 것에 쉽게 넘어간 자에게는 몽둥이로 거칠게 다스리는 것이 어울릴 뿐이다.

한편, 부모를 무가치하게 여기는 자식 또한 이 땅에서 결코 오래 살지 못한다. 아버지와 어머니를 공경하지 않는 자는, 어둠이 그의 빛을 꺼뜨리고야 말 것이다.

역사가 이를 증명한다. 압살롬*은 아버지 다윗에게 죄를 지었기에 젊은 나이에 불행한 죽음을 맞이했다. 함은 아버지 노아의 벗은 몸을 보고 조롱했기에 저주를 받았다. 벨사살은 아버지를 모욕했기에(혹은 신을 아버지처럼 공경하지 않았기에) 몰락하고 말았다. 산헤립은 아들들의 손에 살해당했지만, 그 사악한 아들들 중 누구도 아버지의 왕국을 차지하지 못하고 파멸했다.

반대로, 훌륭한 본보기도 있다. 토비아스는 아들에게 어머니를 공경하라고 신신당부하며 가르쳤다. 위대한 솔로몬 왕은 어머니 밧세바를 위해 기꺼이 자신의 왕좌에서 일어났다. 로마의 장군 코리올라누스 또한 어머니를 공경했다. 레갑의 아들들은 아버지의 명령을 굳게 지켰기에, 신께서 친히 그들을 칭찬하셨다.

주 하느님께서 친히 말씀하셨다. "오래 살기를 원하느냐. 그렇다면 네 아버지와 어머니를 공경하라." 그리하면 그는 장수할 것이며, 이 땅에서 크게 번성할 것이다.

---

* 구약 성경(사무엘하)의 인물. 아버지인 다윗 왕을 상대로 반란을 일으켰다. 전투에서 패하고 도망치던 중 머리카락이 떡갈나무에 걸려 매달렸고, 결국 비참한 죽음을 맞이했다. 아버지를 공경하지 않아 젊은 나이에 불행하게 죽은 대표적인 사례로 인용된다.

예순아홉 번째 바보

고리대금과
매점매석을 하는 바보

고리대금업자들은 미친 듯한 사업을 벌이며, 가난한 자들에게 무자비하고 혹독하게 군다. 그들은 온 세상이 멸망한다 해도 신경 쓰지 않는다.

온 땅의 포도주와 곡식을 모조리 사들여 자신의 창고에 숨겨 두는 자, 이런 자는 당장 그 두건을 움켜잡아 끌어내리고, 그에게 붙은 해충을 몽둥이로 모조리 두들겨 잡고, 다시는 날아오르지 못하도록 그 날개깃을 뽑아버려야 마땅하다.

고리대금업자는 끔찍한 행위를 저지르면서도 죄나 수치심을 전혀 두려워하지 않는다. 그 결과 가난한 사람은 아무것도 구할 수 없게 되어, 아내와 자식들과 함께 굶어 죽어간다. 바로 이런 자들 때문에 지금 우리는 극심한 물가 폭등과 기근을 겪고 있으며, 상황은 훨씬 더 악화되고 있다.

불과 한 달 전만 해도 10파운드에 불과했던 포도주가, 이제는 30파운드를 주어야 할 만큼 그 값이 폭등했다. 밀과 호밀, 온갖 곡식의 사정도 이와 똑같다.

나는 지금부터 이자놀이와 지대로 행해지는 온갖 종류의 착취, 즉 고리대금, 사기성 염가 매입, 빚으로 얽어매는 행위에 대해서는 차마 다 기록하지도 않겠다. 이 고리대금업자는 단 하루 아침에, 1년 내내 벌어야 마땅할 이자보다 더 많은 돈을 착복한다.

그들은 금을 담보로 은화를 빌려주며 부당한 이득을 취하고, 장부에는 열을 빌려주었으면서 열하나를 빌려 갔다고 기록한다.

차라리 유대인 고리대금업자들의 행태는 이에 비하면 견딜 만한 수준일 것이다. 그러나 이제 그 유대인들조차 이곳에 머물 수 없게 되었다. 소위 '기독교인 유대인'이라 불리는 이 위선적인 기독교 고리대금업자들이, 자신들이 그토록 비난하던 유대인의 창(고리대금업)을 스스로 들고 날뛰며 그들을 모조리 몰아냈기 때문이다.

나는 이런 미친 듯한 상술로 배를 불리는 자들을 많이 알고 있지만, 굳이 그 이름을 거명하지는 않겠다. 그들이 이런 짓을 저지름에도 모든 법과 규칙은 침묵으로 일관하고 있다.

그들 중 다수는 밭에 우박이 쏟아지기를 절하며 기다리고, 곡식에 서리가 내린 것을 보며 손뼉 치고 웃는다. (흉작이 들어야 자신들의 창고에 쌓인 곡식 값이 오르기 때문이다.) 그러나 그 대가로, 그들 중 많은 이가 결국 (파산하거나 죄책감에 시달려) 밧줄에 목을 매는 비참한 최후를 맞이하는 일 또한 아주 흔하게 일어난다.

이처럼 공동체 전체에 해를 끼치면서 부자가 되려는 자, 그는 의심할 여지 없는 바보이며, 이 '바보들의 배'에서 그는 결코 외롭지 않을 것이다.

일흔 번째 바보

어리석은 교환을 하는 바보

자신의 입을 세속적 쾌락과 맞바꾸는 자, 그는 그 교환으로 결코 이득을 보지 못하며, 말을 타고 달려야 할 때 비참하게 걷게 되리라.

　　바보는 자신의 영혼을 지옥으로 보내기 위해, 은둔자가 천국에 가기 위해 들이는 노력보다 훨씬 더 큰 수고를 자처한다. 저 거칠고 외딴 광야에서 금식하고 기도하며 하느님을 섬겼던 그 어떤 은수자보다도, 바보는 죄악을 위해 더 맹렬히 노동한다.

　　그들의 노고가 얼마나 헛된지 보라.

　　교만에 빠진 자는 어떠한가? 그는 자신을 치장하고, 기름을 바르고, 끈을 매고, 몸을 조이며 온갖 고통을 감내한다. 탐욕에 빠진 자는 돈을 벌기 위해 폭풍과 비바람, 눈보라를 뚫고 험한 바다를 건너 노르웨이와 라플란드*까지 마다하지 않는다. 음욕

---

* 이 작품이 쓰인 15세기 말 중부 유럽의 관점에서, 노르웨이와 라플란드는 상업적 이익을 위해 목숨을 걸고 가야 하는, 가장 춥고 위험하며 미지의 영역에 가까운 '세상의 끝'을 상징하는 지역이었다. 탐욕에 빠진 자가 부를 위해 이토록 극단적인 고난과 위험도 감수함을 강조하는 표현이다.

에 빠진 자는 단 하루도 평화로운 휴식을 갖지 못한다. 도박꾼은 항상 비참한 시간을 보낸다. 강도는 자신의 목을 걸고 위험천만한 길을 달린다.

폭식가의 고통에 대해서는 굳이 말할 필요도 없다. 그는 언제나 속이 더부룩하고, 아무도 모르는 고통과 불안에 시달린다. 질투에 빠진 자의 시간도 결코 즐겁지 않다. 그는 언제나 자신의 둥지에 다른 뻐꾸기가 들어앉을까 봐* 두려워한다. 시기심은 그 자신의 몸을 지옥 불에 끓이듯 고통스럽게 한다.

이처럼 그들은 온갖 세속적인 죄악을 위해서는 엄청난 고통을 감수하면서도, 정작 하느님의 영광을 위해 고난을 감내하는 자는 아무도 없다. 노아, 욥, 다니엘**이 보여주었던 그 위대한 인내심으로 자신을 성찰하는 자는 단 한 명도 없다.

세상에는 악을 기꺼이 선택하는 자는 수없이 많지만, 선을 선택하는 자는 지극히 드물다. 현명한 자는 선을 택해야 한다.

---

*　뻐꾸기는 스스로 둥지를 짓지 않고 다른 새의 둥지에 몰래 알을 낳는 탁란 습성을 지닌 새로, '자신의 자리를 부당하게 빼앗는 경쟁자'나 '불륜 상대'를 상징한다. 질투에 빠진 자가 자신의 소유(배우자, 지위, 명예)를 남에게 빼앗길까 봐(다른 뻐꾸기가 둥지를 차지할까 봐) 전전긍긍하는 모습을 비유한다.

**　구약 성경에서 신앙과 인내를 상징하는 대표적인 세 인물이다. 노아는 대홍수 전, 방주를 만들며 세상의 조롱을 수십 년간 견뎠다. 욥은 이유 없는 극심한 고난(재산, 자식, 건강의 상실) 속에서도 신앙을 지켰다. 다니엘은 이교도 국가(바빌론)에서 신앙을 지키다 사자 굴에 던져졌으나, 기적적으로 살아남았다. 이들은 세속의 죄악과 반대되는 '선을 위한 고난'을 감내한 본보기이다.

악은 우리가 굳이 애쓰지 않아도 날마다 저절로 찾아오기 때문이다.

감히 하늘 왕국을 버리고 한 줌 거름을 택하는 자, 이 세상에 그보다 더한 바보는 없다. 영원한 것을 썩어 없어질 것과 맞바꾸는 자는 그 교환으로 결코 이득을 보지 못한다.

한마디로 요약하겠다. 그는 '귀한 당나귀'를 주고 '하찮은 피리'를 받은 셈이다.

일흔한 번째 바보

악을 행하고
그 대가를 외면하는 바보

공을 하늘 높이 던지고, 그것이 다시 떨어질 것을 기다리지 않는 자, 그는 모든 사람을 분노하게 만들 자이다.

자신이 당했을 때 결코 너그럽게 받아들일 수 없는 일을 남에게 태연히 저지르는 자, 그가 바로 바보다. 그는 자신이 저지른 악행의 대가가 반드시 자신에게 돌아올 것임을 전혀 예상하지 않는다.

그러나 모든 사람은 자신이 다른 사람에게 행한 대로 돌려받는다는 것을 알아야 한다. 숲을 향해 소리치면, 자신이 외친 소리가 언제나 그대로 메아리가 되어 돌아오는 법이다. 남을 밀어 자루에 처넣으려는 자는, 자신 역시 뺨을 맞을 것을 각오해야 한다. 남들의 사소한 결점을 떠벌리고 다니는 자는, 머지않아 사람들로부터 자신이 어떤 사람인지 똑같이 듣게 될 것이다.

역사가 이를 증명한다. 아도니세덱(Adonisedech)은 수많은 왕에게 저지른 잔혹한 행위 그대로 자신도 보복을 당했다. 페릴로스(Beryllus)는 남을 고문하기 위해 청동 황소를 만들었으나, 자신이 만든 그 기구에서 스스로 최후를 맞이했다. 부시리스(Busyris)와 디오메데스(Diomedes), 그리고 팔라리스(Phalaris) 역시 자신들이 행한 악행으로 똑같이 파멸했다.

남을 빠뜨리기 위해 구덩이를 파는 자는, 결국 그 자신이 그 구덩이에 빠지게 된다. 하만(Aman)은 모르드개를 매달기 위해 교수대를 만들었지만, 결국 그 자신이 그 교수대에 매달리지 않았는가.

비록 모든 이를 신뢰하는 것이 미덕이라 할지라도, 지금 이 시대의 신뢰는 심히 위태로우니 스스로를 조심해야 한다. 모든 사람의 등 뒤에 무엇이 숨겨져 있는지 경계하라. 맹목적인 신뢰는 당신의 모든 것을 잃게 만들 수 있다.

질투심 많은 자와 결코 한 식탁에서 먹지 마라. 또한 그와 함께 식사하기를 바라지도 마라. 그는 당신이 상상조차 못 한 사악한 계략을 속으로 계산하고 있다. 그는 겉으로는 "친구여, 먹고 마시게"라고 말하지만, 그의 마음은 당신을 향해 완전히 뒤틀려 있다. 그의 속마음은 "마치 도둑이 내 것을 훔쳐 간 것 마냥 아깝지만, 너에게 베푸는 척하겠다"라고 말하는 것과 같다.

겉으로는 당신을 보며 농담하고 웃지만, 속으로는 몰래 당신의 심장을 갉아먹는 자가 수없이 많다.

일흔두 번째 바보

상스럽고 저속한 바보

저속하고 수치스러운 말은 악행을 부추기며, 선량한 풍습을 무너뜨린다. 이는 마치 돼지 방울을 너무 거칠게 흔들어대는 것과 같다.

요즘 '상스러움 경'이라는 새로운 성인이 등장하여, 모든 이가 그를 숭배하고 있다. 사람들은 온갖 장소에서 추잡하고 저속한 말과 행동, 그리고 상스러운 방식으로 그를 공경한다. 이들은 이런 무례함을 일종의 농담이나 유희로 포장하려 하지만, 그 속에는 어떠한 품위도 남아있지 않다. '품위 경'은 애석하게도 이미 죽어버렸기 때문이다.

오늘날의 바보는 돼지의 귀를 붙잡고 거칠게 흔들어대며, 그 돼지 방울 소리가 요란하게 울려 퍼지게 한다. 이제 저속함이 모든 춤을 이끌고 있으며, 이 바보들의 배가 무거워서 가라앉지 않도록 그 꼬리를 붙들고 있는 형국이다.

이 돼지는 수많은 새끼를 낳아, 이 저속한 무리들이 지혜를 완전히 몰아내고 그 자리를 차지했다. 이제 그 누구도 지혜가 설 자리를 내주지 않으며, 오직 돼지만이 왕관을 쓰고 있다. 누가 가장 요란하게 돼지 방울을 울릴 수 있는가, 누가 가장 상스러운가에 따라 서열이 정해진다. 이들은 칼렌베르크의 신부나 수염 난 아일잠 수도사*처럼, 저속한 이야기 속 인물들의 망측한 짓을 따라 하며, 그것이 마치 훌륭한 여정이라도 되는 양 착각한다.

그들의 말과 행동은 너무나 저속하여, 심지어 광기에 사로잡혔던 오레스테스**조차 이 광경을 본다면 "제정신인 자가 어찌 이런 짓을 할 수 있는가"라고 말할 것이다. 엘러퀸츠 경(저속한 춤꾼)과 같은 자들이 만족할 줄 모르는 저속함으로 이 춤을 이끌고 있다. 모든 바보가 이 돼지의 짓에 동참하고 싶어 안달하며, 당나귀 연고통에 담긴 기름을 서로 바르려 한다. 이 연고통은 결코 마르는 법이 없으며, 모두가 그 속에 손을 담가 자신의 (어리석음에 기름칠을 하고 싶어 한다.

상스러움은 이제 모든 집을 점령하여, 그 어디에서도 이성을 찾아볼 수 없다. 그들이 나누는 대화나 글은 모두 저 당나귀 연고통에서 퍼낸 것과 같다.

특히 폭식가들이 한자리에 모이면, 돼지가 아침 기도를 시작

---

*   둘 다 이 작품이 쓰일 당시(15세기 말) 독일어권에서 유행했던 민담집이나 풍자 문학 속 인물들이다. 성직자임에도 불구하고 저속한 장난과 망측한 행동을 일삼는 주인공으로, 품위가 사라지고 저속함이 유희가 된 세태를 상징한다.

** 그리스 신화의 인물. 아버지 아가멤논을 죽인 어머니 클리타임네스트라에게 복수하기 위해 어머니를 살해했다. 이 친족 살해의 죄로 그는 복수의 여신들(에리니에스)에게 쫓기며 광기에 사로잡혔다. 신화 속 가장 끔찍한 광기에 빠졌던 그조차도, '제정신인' 바보들의 저속한 행동을 보고 경악할 것이라는 역설적 비판이다.

한다. 당나귀의 울음소리로 제1시 기도를, '상스러움 경'의 이름으로 제3시 기도를, 저속한 가사로 제6시 기도를 노래한다. 제9시 기도에는 주정뱅이와 폭식가들이 모여들고, 저녁 기도가 되면 온갖 추잡함과 수치스러움이 울려 퍼진다. 이들은 모두가 만취하고 배가 터질 때까지 노래를 부른 후에야 비로소 끝기도를 마친다.

그들은 당나귀 기름을 서로에게 발라주며 동료로 삼는다. 그들은 신도, 명예도, 그 어떤 고귀한 것도 두려워하지 않으며 온갖 저속한 짓을 입에 담는다. 이 무리 중 가장 수치스러운 짓을 하는 자에게는 오히려 포도주가 상으로 주어지며, 집이 떠나가라 웃어대고 "한 번 더 해보라"고 부추긴다. 그들은 이것이 훌륭한 농담이며 시간을 즐겁게 보내는 법이라고 말한다.

한 바보가 다른 바보에게 외친다. "좋은 동료가 되세!", "즐겁게 지내세!", "인생이 짧으니 마음껏 먹고, 마시고, 소리치세! 이게 아니면 이 땅에서 무슨 낙이 있겠는가?"

그들은 이렇게 자신들의 방탕함을 정당화한다. "죽으면 그만이고, 그 후엔 아무 즐거움도 없지 않은가. 지옥에서 돌아와 그곳이 어떻다고 말해준 자가 단 한 명이라도 있었는가? 좋은 친구들과 어울리는 것은 죄가 아니다! 사제들이 뭐라 떠들든 내버려 둬라. 만약 그들이 말하는 것처럼 이 모든 것이 끔찍한 죄라면, 그들 자신은 왜 그런 짓을 저지르는가? 사제가 악마에 대해 말하고 목자가 늑대에 대해 불평하는 것은, 단지 그렇게 해야 자신들의 밥벌이가 되기 때문일 뿐이다."

 이렇듯, 바보들은 이런 상스러운 말과 저속한 무리를 이뤄 온 세상과 신을 모독하고 조롱한다. 그러나 그들은 알지 못한다. 그들 자신이 결국에는 최후의 조롱거리가 될 것이라는 사실을.

일흔세 번째 바보

극악무도한 바보

여기에 나는 다른 바보들조차 부끄러워하는, 바보라는 이름이 붙은 자들을 더 모아두었다.

이 세상에는 여전히 구제 불능의 쓸모없는 자들이 수없이 많다. 이들은 스스로 원하여 바보의 모자 속에 깊숙이 갇혀 있으며, 그 안에서 단 한 걸음도 벗어날 줄을 모른다. 그들은 악마의 꼬리에 단단히 묶여 스스로를 속박하고 있으니, 그 누구도 이들을 파멸의 길에서 돌이킬 수 없다. 사실, 나는 본래 이들에 대해 침묵하고 그냥 지나치려 했다. 그들의 죄악이 너무나 끔찍하여, 그 어리석음에 대해 굳이 기록하고 싶지 않았기 때문이다.

대표적으로 이교도, 튀르크인*, 그리고 유일한 진리인 올바른 신앙에서 벗어난 모든 자들이 그러하다. 이들은 참된 빛을 거부하고 어둠을 택한 자들이다. 또한 프라하(Prag)에서 시작하

---

* 15세기 말 유럽, 특히 기독교(가톨릭) 세계의 관점에서 이교도는 비(非)기독교인을, 튀르크인은 1453년 콘스탄티노플을 함락시킨 오스만 제국(이슬람 세력)을 구체적으로 지칭한다. 이들은 당시 유럽 기독교 세계의 가장 큰 종교적, 군사적 위협이기에, 올바른 신앙을 거부하는 예시로 언급되었다.

여 이제 이웃한 모라비아(Mærrhern) 땅*까지 그 악한 세력을 퍼뜨리며, 오만의 극치인 '바보의 왕좌'를 차지하고 앉은 이단자들 또한 마찬가지다.

거룩한 삼위일체의 유일신이 아닌 허황된 다른 것을 숭배하고, 심지어 우리의 고귀한 신앙을 조롱거리로 만드는 자들, 이 모두가 자신의 발로 고의로 바보의 모자를 향해 걸어 들어가는 자들이다. 그렇기에 나는 이들을 결코 실수로 길을 잃은 단순한 바보로 취급하지 않는다. 이들은 아예 '바보의 모자 꼭대기'에 영원히 서 있어야 마땅한 최악의 바보들이다. 그들의 어리석음은 하늘을 찌를 듯이 명백하고 극악하여, 이 세상 보통의 바보 모자로는 도저히 그들을 담기에 부족할 지경이다.

신께서 주신 구원의 희망을 스스로 버리고 절망에 빠져 악마의 덫에 사로잡힌 자들, 판단력이 흐려진 어리석은 여인들, 가정을 파괴하는 사악한 아내들, 타인의 영혼을 더럽히는 매춘을 알선하는 자들과 난봉꾼들, 그리고 이외에도 온갖 종류의 죄악에 스스로 빠져 자신의 어리석음으로 두 눈이 완전히 멀어버린 다

---

* 이는 15세기 초 프라하(보헤미아 왕국)의 종교개혁가 얀 후스(Jan Hus)를 따르던 후스파(Hussites)를 가리킨다. 얀 후스가 1415년 화형당한 이후, 그의 추종자들은 가톨릭교회와 신성 로마 제국에 맞서 '후스 전쟁'을 일으켰다. 이 작품의 저자인 제바스티안 브란트와 같은 가톨릭 신자의 입장에서, 이들은 교회의 권위에 도전하고 분열을 일으킨 오만한 이단자이자 바보의 왕좌를 차지한 무리로 비쳤다.

른 모든 자들도 마찬가지다.

   이들과 더불어, 신이 주신 생명을 제 손으로 끊어버리는 자, 즉 스스로 목숨을 끊거나 목을 매는 자들, 그리고 자연의 섭리를 거스르는 가장 끔찍한 죄악인 자신의 아이를 죽이거나 물에 빠뜨려 죽이는 자들도 반드시 언급해야겠다. 감히 말하건대, 이들은 인간의 법으로 다스리거나 가르침으로 바로잡을 가치조차 없는 자들이다. 그들의 영혼은 이미 돌이킬 수 없이 타락했다. 그럼에도 이들은 분명히 가장 사악한 바보의 명단에 속하며, 그들의 극악무도하고 반인륜적인 어리석음은 그들 모두에게 바보의 모자를 씌우기에 차고 넘칠 만큼 충분하다.

일흔네 번째 바보

오만의 극치를 달리는 바보

스스로를 높이며 교만에 빠진 자, 홀로 가장 높은 곳에 앉으려는 자, 악마는 그를 자신의 올가미에 단단히 묶어둔다.

세상의 덧없는 명성 따위에 자신의 모든 것을 거는 자는, 지푸라기 지붕 위에 집을 짓는 자와 같다. 그는 일시적인 세속의 명예를 얻기 위해 모든 것을 바치지만, 결국 그의 마지막에 남는 것은 아무것도 없다. 그는 무지개 위에 집을 짓고 있으니, 그 헛된 희망은 그를 배신할 수밖에 없다. 약한 소나무 기둥에 의지해 천장을 올리려는 자의 계획이 금세 실패로 돌아가듯, 이 땅에서 명예와 명성만을 좇는 자의 계획은 머지않아 허물어지고 만다. 이 땅에서 이미 명예를 구한 자는, 저 너머(천국)에서 더 받을 것이 없음을 알아야 한다.

수많은 바보가 스스로를 대단히 높이 여기는데, 그 이유는 고작 자신이 외딴 나라에서 유학을 하고 왔다는 것 때문이다. 그는 볼로냐, 파비아, 파리, 시에나, 오를레앙의 명문 학교*

---

* 중세 후기 유럽에서 가장 명성이 높았던 대학 도시들이다. 볼로냐와 파비아, 시에나는 이탈리아에서, 파리와 오를레앙은 프랑스에서 법학, 신학, 의학의 중심지였다. 이 작품이 쓰인 15세기 말, 독일(신성 로마 제국)의 지식인들이 학위를 얻기 위해 이들 외딴 나라로 유학을 가는 것이 큰 명예였으나, 저자(브란트)는 이것이 실질적인 지혜보다는 공허한 교만과 허영의 근원이 된다고 비판한다.

에서 현명해졌다고 자랑하며, 심지어 그곳의 어리석은 원숭이(Roraffen, 대학의 어릿광대나 특정 인물을 조롱하는 말)나 가짜 박사 따위를 보았다고 뽐낸다.

　이는 마치 독일 땅에는 이성과 분별력, 지혜를 배울 만한 총명한 머리가 없는 것처럼 구는 짓이다. 하지만 지혜를 배우기 위해 굳이 그렇게 멀리 갈 필요는 없다. 자신의 땅에서 배우고자 하는 의지만 있다면, 이제는 온갖 종류의 책을 얼마든지 찾을 수 있다. 그러니 누구도 배울 기회가 없었다고 변명할 수 없다. 그렇게 말한다면 그것은 뻔뻔하고 저열한 거짓말일 뿐이다.

　과거에는 바다 건너 아테네에나 학문이 있고, 그다음은 이탈리아(혹은 프랑스)에나 있는 줄 알았지만, 이제는 독일 땅에서도 찬란한 지혜를 볼 수 있다. 우리가 포도주에 빠져 방탕하고(독일인의 악덕), 진정한 노력을 게을리하지만 않는다면, 우리에게 부족한 것은 없다.

　현명한 자식을 둔 자는 복이 있다. 나는 많은 지식과 기술을 안다고 뽐내며 그것으로 교만에 빠져, 스스로 고고하고 영리하다고 여기는 자를 존중하지 않는다. 진정 현명한 자는 이미 충분한 지식을 갖추고 있기 때문이다.

　단지 교만이나 돈을 위해 학문을 배우는 자는, 그저 세상에 자신을 비춰보는 것일 뿐이다. 이는 마치 악마의 그물을 펼쳐 많은 영혼을 지옥으로 끌어들이려는 허영에 뜬 바보가, 온갖 화려한 치장으로 거울을 보며 세상에 자신을 과시하는 것과 같다. 이것이 바로 악마가 파놓은 덫이며, 그는 이를 통해 찬양을 얻고 스스로 똑똑하다고 생각했던 수많은 자를 파멸로 이끌었다.

일찍이 발람은 발락에게, 이스라엘 백성이 타락을 통해 신을 노하게 만들어 전쟁에서 패배하도록 사악한 조언을 주었다.* 교만은 이처럼 스스로를 화려하게 치장하여 남을 유혹하는 덫이 된다.

현자는 말한다. "죄로 이끄는 유혹에서 속히 돌아서라."

수많은 어리석은 자들은 자신의 겉모습을 거리낌 없이 과시하며, 그것이 남에게 눈길을 주는 것쯤은 아무런 해가 되지 않는다고 생각한다. 하지만 진실로, 그 '봄(sight)'은 사악한 생각을 낳고, 그를 바보의 의자에 앉히고 만다. 한번 거기에 앉으면 그는 목표(죄)를 이룰 때까지 쉽게 일어나지 못한다. 스스로를 제대로 가리지 않아 타인을 죄에 빠뜨린 자는, 결국 자신도 그 오명으로 더럽혀진다. 헛된 호기심으로 이방의 것을 구경하러 나갔다가 결국 자신을 잃고 만다.

겸손한 사람은 존경받을 가치가 있으며 공경받아 마땅하다.

---

* 구약 성경(민수기 22-24장, 31장)의 인물. 모압 왕 발락은 예언자 발람을 고용해 이스라엘을 저주하게 하려 했으나 실패했다. 이후 발람은 이스라엘 백성이 모압 여인들의 유혹에 빠져 이방 신을 섬기고 타락하게 만들면, 신께서 그들을 벌하실 것이라는 '사악한 조언'을 발락에게 주었다.

그러나 오만을 손에 쥔 자의 교만은 끝이 없다. 그는 항상 맨 앞 줄에 서려고 하기에, 아무도 그와 어울릴 수 없다.

신께서 증오하시는 이 교만은, 쉬지 않고 더 높이, 더 높이 기어오르다가, 마침내 지옥 구덩이 속 루시퍼에게로 추락하고 만다.

오, 교만(에 빠진 자)이여! 네게 시간이 닥칠 것이다. 그때 너는 네 자신의 입으로 이렇게 말하리라. "내가 지금 이 슬픔과 고통 속에 앉아 있으니, 나의 그 높던 기개가 무슨 기쁨을 주었는가? 나의 돈과 재산과 부가 무슨 소용이며, 세상의 명예와 칭송, 명성이 다 무슨 소용인가? 모든 것이 한낱 그림자에 불과했으며, 눈 깜짝할 사이에 사라져버렸구나."

이 모든 헛된 것을 경멸하고 오직 영원한 것만을 생각한 자는 복이 있다.

바보에게는 이 세상의 그 어떤 것도 대단해 보이지 않지만, 결국 그 모든 것은 그와 함께 파멸할 뿐이다. 특히 이 수치스러운 교만은 그 본성 자체가 그러하다. 교만은 가장 높았던 천사(루시퍼)를 하늘에서 쫓아냈고, 낙원에 있던 첫 번째 인간(아담)조차 내버려 두지 않았다. 교만은 이 땅 위에 머무를 수 없다. 교만은 반드시 지옥의 구덩이에 있는 루시퍼 곁의 제자리, 즉 자신을 고안한 그 자(악마)에게로 돌아가야 한다. 교만은 그렇게 지옥으로 직행한다.

하갈*은 교만 때문에 자기 아이와 함께 집에서 쫓겨났다. 파라오는 교만 때문에 멸망했다. 고라**는 그의 무리와 함께 죽음을 맞았다. 인간들이 교만으로 가득 차 탑(바벨탑)을 세웠을 때, 주께서는 크게 진노하셨다. 다윗이 교만에 빠져 백성의 수를 세었을 때, 그는 끔찍한 재앙을 선택해야만 했다. 헤롯은 자신이 마치 신이라도 된 것처럼 교만하게 차려입고 신적인 영광을 받으려 하다가, 천사의 일격을 맞고 끔찍하게 죽었다.

이처럼 교만을 행하는 자는 신께서 낮추실 것이요, 겸손한 자는 언제나 높이실 것이다.

---

* 구약 성경(창세기 16장)의 인물. 아브라함의 아내 사라의 여종이었으나, 주인의 아이(이스마엘)를 임신한 뒤 사라를 멸시하는 '교만'을 보였다. 이로 인해 사라의 학대를 견디다 못해 도망쳤으며, 결국 아들과 함께 집에서 쫓겨났다.

** 구약 성경(민수기 16장)의 인물. 모세와 아론의 지도력에 교만하게 반기를 들고 "너희가 어찌하여 여호와의 총회 위에 스스로 높이느냐"며 반란을 일으켰다. 이로 인해 신의 진노를 사, 그와 그의 무리들은 땅이 갈라져 산 채로 지옥에 빠져 죽었다.

일흔다섯 번째 바보

모욕을 참지 못하는 바보

어린아이나 바보와 어울리려는 자, 그들의 모욕과 조롱을 너그럽게 받아들여야 한다. 그렇지 않으면, 그 자신이 바보의 무리에 합류하게 될 뿐이다.

자신이 지금 상대하는 자가 바보라는 사실조차 깨닫지 못하는 자, 그가 바로 바보다. 술에 취한 자를 상대로 맞서 소리치며 싸우려 드는 자, 그가 바로 바보다.

어린아이나 바보를 상대로 진지하게 조롱하고 다투려 하면서, 그들의 어리석은 놀이(분별력 없는 행동)를 있는 그대로 받아들이지 못하는 자는 어리석다.

사냥꾼과 사냥을 떠나기로 했다면 마땅히 사냥개의 소리를 견뎌야 하고, 늑대 무리에 섞여 있기로 작정했다면, 늑대처럼 울부짖어야 하는 법이다. (즉, 바보들과 어울리기로 했다면, 그들의 어리석음을 감수해야 한다.)

'말에는 말로' 되받아치는 것은 바보의 방식이다. 반면, '악을 선으로' 갚는 것은 가장 고귀하게 칭송받는 행위이다. 선을 악으로 갚는 자의 집에서는, 재앙이 결코 떠나지 않을 것이다. 남이 우는 것을 보고 비웃는 자는, 자신도 예상치 못한 순간에 똑같은 눈물을 흘리게 될 것이다. 현명한 자는 현명한 자의 곁에 머물고, 바보는 바보들과 어울리기를 즐긴다.

　사람들이 바보를 견디지 못하는 근본적인 이유는 바로 그의 '교만' 때문이다.

　바보에게는, 다른 모든 사람이 자신을 따르며 발아래 엎드리는 기쁨보다, 단 몇 사람이 자신보다 앞서 걷는 것을 보는 고통이 훨씬 더 크다. 이 뜻을 분명히 알겠는가? 교만한 자는 이 세상에 '유일한 주인'이 되기를 원한다.

　하만(Haman)의 예를 보라. 그는 모르드개 단 한 사람이 자신에게 절을 하지 않는다는 사실 때문에 느낀 고통과 분노가, 다른 모든 백성이 자신을 숭배하며 바친 경의와 기쁨보다 훨씬 더 컸다.

　바보를 일일이 지적하고 다닐 필요는 없다. 바보는 그의 행동을 통해 스스로를 증명하기 때문이다. 진정으로 현명해지기를 원하는 자는(모든 이가 그래야 하듯이), 그저 바보들 곁을 조용히 떠나 그들을 상대하지 않으면 된다

일흔여섯 번째 바보

어리석인 요리사와 저장고 관리인

이곳에 저장고 관리인, 요리사, 하인들이 오니, 집안의 살림을 맡은 모든 자들이다. 그들은 이 배(바보들의 배)에서 "정직하게" 자기 몫을 다한다.

방금 한 어리석은 자가 바보들의 배를 찾겠다며 우리 앞을 급히 달려갔다. 우리는 그가 가진 술병을 더욱 탐하도록 일부러 짠 수프를 주었으나, 그는 우리가 주려던 다음 바보 명단을 받을 틈도 없이 황급히 사라졌다.

이제 그를 뒤따라, 우리 요리사, 저장고 관리인, 하녀, 하인, 즉 주방에 속한 모든 자들이 이 길을 따라 배로 향한다.

그들은 주인의 것을 훔쳐 살아간다. 그들은 모든 것을 주인의 외상장부에 달아두기에, 주머니에서는 단 한 푼도 나가지 않는다. 특히 주인이 집을 비워 아무도 보지 않을 때가 기회다. 그들은 진수성찬을 벌이고 술에 취해 방탕하게 놀며, 낯선 폭식가들을 집으로 끌어들여 주인의 가장 큰 술통과 병을 비우며 축배를 든다.

밤이 되어 주인이 잠자리에 들고 빗장을 걸어 잠그면, 비밀

연회가 시작된다. 그들은 결코 싸구려를 마시지 않는다. 가장 큰 술통, 즉 주인이 쉽게 눈치채지 못할 통을 따서 최고급 포도주를 훔쳐 마신다. 그러고는 서로 비틀거리며 잠자리에 든다. 주인이 발소리를 듣지 못하도록 두꺼운 양말을 신는 치밀함도 잊지 않는다. 혹여 술잔을 깨뜨리는 소리가 나도, 주인은 그저 고양이 소행이라 여기고 속아 넘어갈 뿐이다.

시간이 흘러, 주인은 자신의 술통에 아직 근사한 술이 남아 있으리라 기대한다. 하지만 그가 수도꼭지를 틀면 "글렁, 글렁, 글렁"하는 빈 소리만 울릴 뿐이다. 이것이 바로 통이 비었다는 신호다.

저장고 관리인뿐만 아니라 요리사도 마찬가지다. 식욕과 위장을 자극하기 위해 온갖 진귀한 요리를 만드는 데 부지런하다. 끓이고, 굽고, 볶고, 찌고, 후추와 설탕, 온갖 향신료를 쏟아부어 기름진 음식을 만든다. 그 음식은 너무나 과하여, 그것을 먹은 주인이 계단에서 구토를 하거나 관장약으로 속을 비워내야 할 지경이다.

하지만 그들은 그런 것에 전혀 신경 쓰지 않는다. 그들 자신도 그 음식으로 배를 채우기 때문이다. 결코 자신을 잊는 법이 없다. 그들은 솥에서 가장 맛있는 부위를 먼저 건져 먹는다. (우리의 탐욕은 너무나 유명하여) 만약 굶어 죽는다 해도, 사람들은 그들이 '폭식'으로 죽었다고 말할 것이다.

저장고 관리인은 요리사에게 "내게 소시지를 구워주게, 헤르쿡. 그럼 자네의 갈증을 풀어줄 술을 주지"라고 속삭인다. 이들은 완벽한 공범이다.

탐욕스러운 저장고 관리인은 포도주의 반역자이며, 영악한 요리사는 악마의 요리사다. 요리사는 이 땅의 불(아궁이) 옆에서 평생을 보냈으니, 저 지옥에서 그가 받을 지옥 불에 이미 완벽하게 익숙해져 있을 것이다.

저장고 관리인과 요리사의 손은 결코 비어있는 법이 없다. 그들은 자신들이 훔친 무거운 짐을 지고 '바보들의 배'를 향해 나아간다. 그들의 모든 욕망은 오직 그 배를 향해 있다.

옛날 이집트의 요셉을 거둔 것도 시종장(혹은 요리사)이었고, 예루살렘을 함락시킨 것도 시종장(느부사라단)이었다. 이처럼 한때 막중한 신뢰를 받던 그 직책은, 이제 주인을 배신하고 집을 파멸로 이끄는 바보들의 차지가 되었다.

일흔일곱 번째 바보

신분을 망각한 농부들의 오만

앗, 나는 나의 배에서 이들을 거의 잊을 뻔했구나. 나는 또 다른 배를 끌어와야 하니, 바로 농부들의 어리석음을 말하기 위함이다.

불과 몇 년 전만 해도, 농부들은 순박함 그 자체였다. 정의가 부패한 도시와 성벽에서 도망쳤을 때, 그 마지막 피난처가 되어준 곳이 바로 농부들의 초라한 짚 지붕 오두막이었다.

그러나 그것은 그들이 포도주의 맛을 알기 전의 일이다. 이제 그들은 한때의 미덕을 잃고 탐욕에 빠져, 감당하지도 못할 빚더미에 올라앉아 있다. 그들의 곡식과 포도주가 아무리 비싼 값에 팔려도, 그들은 만족할 줄 모르고 외상으로 사치품을 사들인다. 그러고는 제때 빚을 갚지 않아, 법원의 금지령과 파문 협박을 받아야만 겨우 움직인다.

그들은 더 이상 예전처럼 질박한 옷에 만족하지 못한다. 이제 그들에게는 런던이나 메헬렌에서 만든 최고급 옷감이 필요하다. 그것도 모자라 옷을 마구 찢고, 야생마처럼 현란한 색으로 염색하고, 소매에는 어리석은 뻐꾸기 문양까지 새겨 넣는다.

이제는 오히려 도시 사람들이 농부들에게서 새로운 악행과 속임수를 배울 지경이다. 모든 기만과 사기가 이제 농부들에게서 나온다. 세상에 순박함은 더 이상 존재하지 않는다.

농부들은 돈으로 가득 차 있다. 그들은 부자가 되기 위해 곡식과 포도주를 창고에 숨겨두고 풀지 않아, 스스로 기근을 만들어낸다. 그러나 머지않아 천둥과 불벼락이 떨어져, 그들의 곡식과 창고를 모조리 태워버릴 것이다.

이러한 오만과 야망은 비단 농부들만의 문제가 아니다. 우리 시대에는 수많은 바보들이 날뛰고 있다. 한때 상인이나 시민이었던 자는 귀족인 '기사 나리'가 되려 한다. 귀족은 남작이 되려 하고, 백작은 제후가 되려 하며, 제후는 감히 왕의 왕관을 탐낸다. 정의를 위해 단 한 번도 칼을 써본 적 없는 자들이 수두룩하게 기사가 된다.

농부들은 비단옷을 걸치고 황금 목걸이를 몸에 두른다. 장인의 아내가 백작 부인보다 더 거만하게 거리를 활보한다. 돈이 있는 곳에 교만이 있다. 한 거위가 다른 거위가 하는 짓을 보면, 자신도 그것을 손에 넣지 못하면 고통스러워서 견디지 못한다. 이제 귀족과 평민의 구별조차 사라졌다.

심지어 어떤 장인의 아내는, 집안의 모든 가산을 합친 것보다 더 비싼 반지와 망토, 장신구를 몸에 두르고 다닌다. 이 허영심이 결국 그 성실했던 남편을 파멸로 이끈다. 남편은 아내의 사치를 채워주기 위해 겨울에도 차가운 물병을 들이켜며 구걸하는 신세가 된다. 그녀가 오늘 그토록 원했던 사치품은, 내일이면 전당포에 걸리게 될 것이다. 아내의 탐욕을 채워주려는 자는 결국 추위에 떨며 빈털터리가 될 뿐이다.

이것이 우리 시대의 거대한 수치다. 그 누구도 자신의 신분과 처지에 만족하지 못한다. 아무도 자신의 조상이 누구였는지 기억하려 하지 않는다. 이 세상은 이제 이런 바보들로 가득 찼다. 내가 진실로 말하건대, 이들 모두는 저 바보의 자루에 쓸어 담겨야 마땅하다.

일흔여덟 번째 바보

하느님을 경멸하는 바보

하느님께서 오래 기다리신다는 이유로 자신을 벌하지 않으리라 믿는 자, 천둥은 바로 오늘 그를 내리치리라.

하느님을 경멸하며 밤낮으로 그분께 대적하는 자, 그가 바로 바보다. 그는 하느님을 마치 인간처럼 여겨, 자신이 무슨 짓을 하든 침묵하고 내버려 두실 것이라 착각한다.

수많은 자가 이런 헛된 믿음에 기댄다. 자신이 사악한 죄를 저지른 바로 그 순간, 하늘의 천둥이 자신의 집에 떨어져 당장 목숨을 앗아가지 않는다는 이유만으로, 혹은 갑작스러운 죽음을 맞이하지 않았다는 이유만으로 안심한다.

그는 더 이상 두려워할 필요가 없다고 생각하며, 하느님께서 이토록 오래 기다리시는 것을 보니 필시 자신을 잊으셨거나, 심지어는 자신의 악행을 묵인하시는 것이라 믿는다. 이런 망상 속에서 수많은 바보들은 더욱더 죄를 짓는다. 하느님께서 당장 벌을 내리지 않고 유예하시는 것을 보고, 오히려 죄악 속에서 더욱 완고해지는 것이다. 그는 감히 하느님의 턱수염을 잡아당기며, 자신이 창조주를 조롱하고 모욕해도 그분이 모든 것을 참고 견디실 것이라 망상한다.

똑똑히 들어라, 이 어리석은 바보야! 그 헛된 기다림에 의지하지 마라. 살아계신 하느님의 손에 떨어지는 것, 그것은 실로 세상에서 가장 무섭고 끔찍한 일이다.

하느님께서 비록 너를 오래 참고 기다려 주시지만, 그 기다림의 시간은 결국 너에게 '톡톡히 보상'될 것이다. 주 하느님께서는 수많은 자가 죄를 짓도록 내버려 두시는데, 이는 훗날 그들을 더욱더 무겁게 벌하시기 위함이다. 그분이 참고 쌓아두신 진노는, 자루를 비우듯 남김없이 모조리 갚아주실 것이다.

오히려 어떤 사람은 작은 죄를 지은 상태에서 일찍 죽음을 맞이하는데, 이는 그가 더 많은 죄를 쌓아 영혼에 씻을 수 없는 상처를 입기 전에 그를 이 땅에서 데려가시는 하느님의 자비일 수 있다.

하느님께서는 회개하는 모든 자에게 자비와 용서를 약속하셨다. 그러나 그 어떤 죄인에게도 '회개할 때까지', 혹은 '회개할 마음이 들 때까지' 오래 살게 해 주시겠다고 약속하신 적은 단 한 번도 없다. 하느님께서는 오늘 당신에게 은총을 베푸시지만, 내일은 아무것도 주지 않으실 수도 있다.

히스기야는 하느님께 기도하여 정해진 죽음의 시간을 넘기고 15년을 더 살 수 있었다. 그러나 벨사살*은 죄악 때문에 정해진 시간을 다 채우기도 전에 종말을 맞이했다. 연회가 한창일 때 나타난 손이 '메네, 메네, 데겔, 바르신'이라 기록하였으니, 그가 저울에 달려 부족함이 드러났기 때문이다. 그 결과 그의 생명의 빛은 꺼져버렸다. 그는 자신의 아버지(느부갓네살)가 이미 몇 년 전에 하느님의 징벌을 받고 짐승의 모습으로 지내다가, 마침내 회개하고 돌이켰기에 용서받고 생명을 보전했다는 교훈을 깨닫지 못했던 것이다.

　모든 사람에게는 정해진 시간이 있으며, 또한 정해진 '죄의 한계'가 있어 그 이상은 용납되지 않는다. 그러므로 아무도 죄를 짓는 데 서두르지 마라. 많은 죄를 짓는 자는 그만큼 빨리 자신의 종말에 도달할 뿐이다.

　올해에 죽은 수많은 자들을 보라. 만약 그들이 진작에 돌이켜 회개하고 제때에 삶의 모래시계를 뒤집었더라면, 그들의 모래는 아직 다 떨어지지 않았을 것이다. 그들은 의심할 여지 없이 오늘도 살아있었을 것이다.

---

* 　구약 성경 〈다니엘〉 5장에 등장하는 바빌로니아의 마지막 왕. 그가 연회에서 예루살렘 성전의 신성한 그릇으로 술을 마시며 신을 모독할 때, 벽에 손이 나타나 메네, 메네, 데겔, 바르신(Mene, Mene, Tekel, Upharsin)이라는 글자를 썼다. 이는 '하느님이 왕의 날을 재어보니(메네), 저울에 달아보니(데겔) 부족함이 드러나, 왕국이 나뉠 것(바르신)'이라는 심판의 예언이었다. 그는 정해진 시간을 다 채우지 못하고 그날 밤 살해당했다. 본문은 그가 아버지(선조) 느부갓네살이 교만으로 징벌을 받아 쫓겨났다가 회개하고 용서받은 교훈을 깨닫지 못했기에, 자비를 얻지 못하고 멸망했음을 지적한다.

일흔아홉 번째 바보

어리석은 사절

아, 내가 이 어리석은 사절들을 잊을 뻔했다. 내가 그들의 어리석음을 기록하지 않았더라도, 그들이 먼저 자신들을 명단에 넣어달라고 조를 뻔했다. 그렇다. 바보들에게도 그들만의 사절이 필요하기 때문이다!

바보의 사절은 입을 다물지 못하고 쉴 새 없이 떠든다. 그는 주인의 편지가 젖지 않도록 간수하고, 기왓장을 깨뜨리지 않게 조심해야 한다는 명을 받는다. 또한 자신에게 맡겨진 임무 외에 다른 일에 참견해서는 안 된다.

하지만 이 바보는 어떤가? 그는 포도주에 취해 자신이 해야 할 일을 잊어버린다. 그는 길거리에서 쓸데없이 꾸물거리며 시간을 보내고, 사람들을 모아 구경거리가 된다. 그는 여비를 낭비하고, 주인 몰래 편지를 세 번이나 훔쳐보며 자기가 무엇을 전달하는지 알아내려 한다. 그리고 그가 알게 된 비밀은 즉시 다른 사람에게 떠벌린다.

밤이 되면 그는 술에 취해 비틀거리다가, 자신의 임무가 담긴 가방을 선술집 의자에 아무렇게나 내팽개친다. 그리고 결국 아무런 답변도 얻지 못한 채 빈손으로 주인에게 돌아온다.

이들이 바로 내가 말하려는 바보들이다. 그들은 지금 바보들의 배를 향해 맹렬히 달려오고 있으며, 틀림없이 이 근방에서 그 배를 찾아낼 것이다. 아, 하지만 그들은 자신들의 작은 술병만큼은 잊지 않도록 단단히 주의해야 한다. 그들이 그토록 열심히 뛰어다니고 거짓말을 해댔으니, 그들의 간과 내장이 바싹 말라붙어 있을 것 아닌가!

이 바보들과 달리, 진정한 사절은 얼마나 고귀한가. 무더운 여름날의 차가운 눈이 사람에게 상쾌함을 주듯이, '충실한 사절'은 그를 보낸 주인의 마음을 기쁘게 한다. 맡겨진 임무를 신속하게 완수하는 사절이야말로 진정한 칭찬과 명예를 받을 가치가 있다.

여든 번째 바보

무작정 성직자가 되려는 바보

모든 농부가 자기 아들을 사제로 만들고 싶어 안달이다. 그 아들이 노동 없이 빈둥거리며 '나리'처럼 편안히 살 수 있기를 바라기 때문이다.

이는 결코 신앙심이 깊어서나 영혼의 구원을 위한 것이 아니다. 오직 그 아들이 '나리'가 되어 자신의 모든 형제자매를 먹여 살릴 수 있기를 바라는 세속적인 속셈에서다. 심지어 그들은 아들이 그 직무를 수행하는 데 필요한 신성한 학문조차 제대로 가르치려 하지 않는다.

사람들은 말한다. "그저 성직록만 얻을 수 있다면, 그까짓 사제직은 쉽게 해낼 수 있다. 대단한 기술이 필요한 것도 아니다." 그들은 이처럼 신성한 사제직을 마치 아무나 할 수 있는 가벼운 일처럼 천박하게 여긴다. 그 결과, 지금 우리는 원숭이만큼이나 무지한 젊은 사제들을 수없이 보게 되었다.

이 무지한 자들은 본래 가축 한 마리조차 안심하고 맡길 수 없는 수준의 자들이다. 그들이 교회의 통치에 대해 아는 것이라고는, 마치 방앗간 당나귀가 다성부 합창을 아는 것과 같다.

이 모든 책임은 주교들에게 있다. 그들은 이런 자들을 결코 사제단에 받아들여서는 안 되었다. 영혼을 돌보는 신성한 임무는, 자신의 양 떼를 자신과 함께 파멸로 이끌지 않을, 진정으로 유능하고 현명한 목자에게만 맡겨져야 한다.

하지만 이 젊은 바보들은 사제만 되면 원하는 모든 것을 얻을 수 있으리라 착각한다. 그러나 안장 위에서 반짝이는 것이 모두 금은 아니다. 수많은 자가 이 헛된 환상에 속아 너무 이른 나이에 사제 서품을 받았다가, 왜 더 기다리지 않았는지 스스로를 저주하게 된다. 사제직을 맡기 전에 제대로 된 성직록(수입원)을 확보하지 못한 탓에, 그들 중 다수는 결국 구걸을 하는 신세로 전락하고 만다.

많은 이가 단지 귀족의 청탁 때문에, 혹은 이 식탁 저 식탁에 이름만 올리고는 정작 아무런 소득도 얻지 못하는 사제가 된다. 그들은 심지어 가짜 직위 증명서를 서로 빌려주며 주교를 속일 수 있다고 생각하지만, 이는 결국 자신의 파멸을 재촉하는 거짓말일 뿐이다.

진실로, 수입(먹고 살길)이 없는 사제보다 더 비참한 존재는 이 땅에 없다. 그들은 사방에 돈을 바쳐야 한다. 주교, 대리인, 세무관, 후원자, 심지어 자신의 친구들에게까지. 그러다 결국에는 그의 가정부와 숨겨둔 어린 자식들이 그에게 결정타를 날린다. 이 모든 짐이 그를 바보들의 배로 밀어 넣고, 그의 삶에서 모든 기쁨을 앗아간다.

오, 신이시여! 지금 미사를 집전하는 자들 중에는 차라리 영원히 제단에 손을 대지 않는 편이 나았을 자들이 수두룩하다. 죄인이 죄악 속에서 바치는 제물을 하느님께서는 결코 받지 않으시기 때문이다. 주 하느님께서 모세에게 말씀하셨다. "어떤 짐승이라도 이 거룩한 산을 만지는 자는, 끔찍한 재앙을 피하지 못하리라."

웃사는 감히 신의 궤에 손을 댔다가 그 자리에서 죽음을 맞았고, 고라와 다단, 아비론은 신성한 향로를 만졌다가 파멸했다.

축성된 살코기(사제직이 주는 안락함)는 많은 이들에게 달콤하게 느껴질 것이다. 그들은 수도원의 따뜻한 석탄 곁에서 편히 쉬고 싶어 한다. 그러나 알아듣는 자에게만 이르노니, 그 석탄은 결국 그들을 태워버릴 지옥의 불씨와 숯이 될 것이다.

요즘 부모들은 아이가 아직 한 명의 온전한 인간이 되기도 전에, 그것이 자신에게 득이 되는지 해가 되는지 분별하기도 전에, 아이를 수도원으로 밀어 넣어 버린다. 아이는 꼼짝없이 진창에 갇힌 꼴이 된다. 비록 수도원의 규율이 많은 것을 이루게 한다 해도, 그들 중 다수는 결국 이 선택을 후회하게 된다. 그리고 자신을 이런 운명으로 몰아넣은 모든 가족과 친지들을 저주한다.

스스로의 선택을 이해할 수 있는 나이에 수도원에 들어가는 자는 이제 거의 없다. 세속의 이익이 아니라 진정으로 하느님을 위해 그 길을 택하는 자는 더욱 드물다. 그들은 영성에 아무런 관심이 없으며, 모든 신성한 의무를 어떠한 신앙심도 없이 기계적으로 처리한다.

이는 특히 엄격한 규율을 지키지 않는 수도회에서 더욱 심각하게 나타난다. 규율이라는 밧줄에 묶여 있지 않으니, 이 수도원의 고양이들은 음탕함에 빠져 날뛰고 있다.

그러나 단언컨대, 수도자가 되어 불의하게 사느니, 차라리 이 땅에 수도원이라는 것이 아예 없는 편이 더 나을 것이다.

에필로그

노을이 기울자 하늘 가장자리에 어슴푸레한 붉은빛만 남았다. 모래톱을 스치는 잔물결은 부질없는 속삭임처럼 엷은 선율로 흩어지고, 메마른 바닷바람은 결심보다는 오래된 허기를 닮았다. 바보들의 배가 아득히 멀어져 간 뒤에도 풍경은 특별한 반전 없이 그저 적막을 머금는다. 기다렸던 대답이라 할 만한 것도, 극적인 반전도 없는 상황 속에서, 지난 항해가 던진 문답은 여전히 퍼덕이며 초연히 허공을 돌아다닌다.

어리석음의 굴레는 쇠사슬처럼 단단하지 않고, 오히려 바람처럼 잡히지 않는다. 그것은 어딘가에 놓여 있지도, 특정한 얼굴을 갖지도 않으면서 가냘픈 습관과 나태함, 불순한 욕망, 기형적인 야망 같은 이름으로 존재한다. 바보들의 배가 항구를 벗어난 뒤에조차도 어리석음은 끈질기게 남는다. 양분 없이도 자라는 덤불처럼, 어느 모퉁이에나 뿌리내리고, 다시 또 누군가를 그 배에 오르게 할 씨앗을 파종한다. 결코 쉽사리 끊어낼 수 없는 이 고질적인 굴레는 인류가 지속되는 한 멈추지 않을 항해 같다.

다만 이 흐릿한 빛 아래에서, 비록 뚜렷한 정답이나 완벽한 구제 방안은 없으나, 더 이상 배를 따라잡으려 애쓰지 않고, 그저 그 배가 남긴 흔적과 소음을 곱씹는 태도가 가능하다. 야만적인 웃음, 거짓말, 허황된 사치, 무모한 사랑, 기만과 불순한 거래, 이 모든 어리석음을 끄집어내어 해부하는 것은 비극에만 머무르지 않는다. 그로부터 나올 수 있는 건 오직 한 가지, 불완전하지만 결코 불모하지 않는 어떤 깨달음이다.

어리석음으로 점철된 과거가 필연적으로 다음 세대로 전수될 때, 그 흐름을 끊어내는 일은 더없이 지난하다. 쉬이 사라지지 않는 세월의 먼지와도 같다. 그런데도 더 이상 무의미한 흉내나 헛된 환상에 매달리지 않고, 제각기 자신의 몫을 인지하고 오류를 재삼 경계하는 길이 남는다. 결코 완전한 성취에 닿지 못한다 해도, 적어도 다시금 어리석은 군상 사이로 걸어 들어가는 실수를 피하려는 노력이 가능하다.

모래 위를 걸어 나가는 발자국은 오래 남지 않지만, 적어도

한 번의 선택은 남는다. 바보들의 배의 항해가 반복된다 해도, 모든 이가 그 배에 오를 필요는 없다. 어리석음의 굴레를 끊는 것은 한 번의 영웅적 행동이 아니라, 거부와 각성, 수치심과 부끄러움 같은 작지만 소중한 변화다.

이제 낡은 나무부두에 앉아 그간의 이야기를 되짚으면, 의문은 여전하나 최소한 한 가지 확신은 든다. 바보들의 배가 남긴 자국은 세차게 닦아내려 해도 쉽게 희미해지지 않지만, 그 흔적을 두고 고민하는 일이 낯선 내일을 열어줄지도 모른다는 사실 말이다. 불안정한 인간사 속에서 가능한 유일한 해답은 결국 어리석음을 자각하고, 배를 타지 않기로 결정하며, 이 굴레를 조용히 끊어내는 것. 바로 그것만이 해답이라는 확신이 든다.

바람은 여전히 불고, 바다는 흔들린다. 그러나 적어도 이제, 닻을 들어 올릴 마음이 사라진 자리에는 묵직한 결연함이 깃든다.

「바보들의 배」 북펀드 후원자 명단

강명구	박지애	이은미	조형
구정우	버섯란란루	이재욱	지성
권용성	벽문어	이효선	최준호
김경아	산책셔틀	이효원	최지현
김남용	샤쿠라	잠자는곰군0104	최현우
김다솜	신동주	장용석	클라리스
김도연	아깽냥	장윤서	풍영현
김재영	예니	장형중	프사마테
김지영	오형석	전세훈	한승현
김태경	윤수린	정이삭	한연화
김혜진	이경주	정재인	kepper
너구리	이덕원	정현주	wind-Fx
마르떼	이수진	조피디	
만마루	이외수	조한진	
박상준	이우열	조항용	

후원해 주신 모든 분들께 진심으로 감사의 말씀을 드립니다.

# 바보들의 배
THE SHIP OF FOOLS

초 판 1쇄 발행 2025년 11월 23일

지은이 제바스티안 브란트

펴낸이 김민성
편 집 이성은
디자인 한지원

펴낸곳 구텐베르크
주 소 경기도 수원시 광교로156 광교비즈니스센터 6층
전 화 070-8019-3287   메 일 team@gutenberginc.com
인스타그램 @gutenberg.pub   블로그 blog.naver.com/gutenberg_

- 이 책은 저작권법에 따라 보호를 받는 저작물이므로 무단 전재와 무단 복제를 금지하며, 이 책 내용의 전부 또는 일부를 이용하려면 반드시 저작권자와 구텐베르크 출판사의 동의를 받아야 합니다.
- 책값은 뒤표지에 있습니다. 잘못된 책은 구입처에서 교환해 드립니다.

ISBN 979-11-994384-9-1   03850

새로운 시대를 위한 영감, 구텐베르크 출판사입니다. 좋은 도서만을 제작하겠습니다.